РОМАН-КИНО

БОРИС АКУНИН

Смерть на брудершафт

роман-кино

ЛЕТАЮЩИЙ СЛОН

Фильма третья

ДЕТИ ЛУНЫ

Фильма четвертая

АСТ
ИЗДАТЕЛЬСТВО
МОСКВА

УДК 821.161.1
ББК 84 (2Рос=Рус)6
   А44

*Автор выражает благодарность
Михаилу Черейскому за помощь в работе*

Художник:
И.А. Сакуров

Оформление и компьютерный дизайн:
С.Е. Власов

Акунин, Б.
А44   Смерть на брудершафт: роман-кино / Борис Аку-
нин. — М.: АСТ: АСТ МОСКВА, 2008. — 380, [4] с.
     Содерж.: Летающий слон: фильма третья. Дети
Луны: фильма четвертая.

     ISBN 978-5-17-051317-8 (ООО «Изд-во АСТ»)
     ISBN 978-5-9713-8201-0 (ООО Изд-во «АСТ МОСКВА»)

«Смерть на брудершафт» — название цикла из
10 повестей в экспериментальном жанре «Роман-кино», призванном совместить литературный текст с
визуальностью кинематографа. В эту книгу входят
«фильма» третья и «фильма» четвертая, действие
которых происходит в 1915 году. Это две самостоя-
тельные повести о приключениях германского шпиона Зеппа и русского контрразведчика Алексея Романова.

УДК 821.161.1
ББК 84 (2Рос=Рус)6

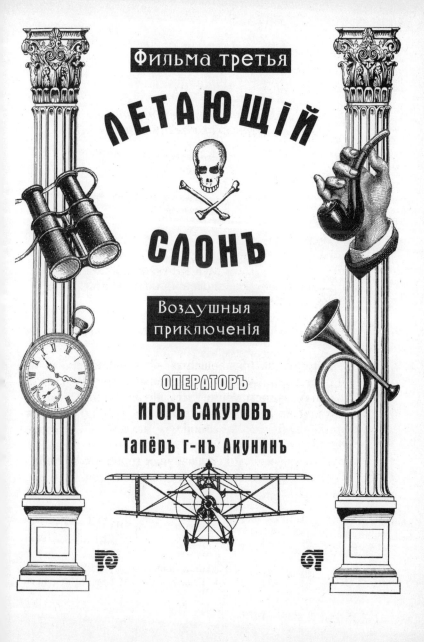

Фильма третья

ЛЕТАЮЩІЙ

СЛОНЪ

Воздушныя приключенія

ОПЕРАТОРЪ

ИГОРЬ САКУРОВЪ

Таперъ г-нъ Акунинъ

Весна 1915 года.
На восточном фронте затишье

Е сли смотреть на небо не снизу, а сверху, оно напоминает тазик для бритья, в котором хорошень-
ко распушили мыльную пену.

Это сравнение приходило в голову военлету Сомову всякий раз, когда он вел аппарат над слоем сплош-
ных облаков. Неромантическая вроде метафора, а поручику нравилась.

Легкая продолговатая тень «ньюпора-10» скользила над намыленной щекой планеты, словно занесенная
бритва, и самого себя Сомов в такие минуты вообра-
жал острейшим золингенским лезвием, которое одним
точно рассчитанным движением — вжик! — срежет всё
лишнее и опять взлетит вверх.

Наблюдатель прапорщик Дубцев, сидевший позади пилота, был человек несерьезный. В небе он обычно пел — все равно встречный поток воздуха уносил звуки прочь, так что можно было орать во всю глотку. Если не пел, то грыз шоколад или сосал леденцы. Дубцев обожал сладости и для всего, что ему нравилось — хороших людей, красивых женщин, быстрых лошадей, приятных событий, — мысленно подбирал сладкие эпитеты. Например, облака казались ему никаким не мылом, а взбитыми сливками или сахарной ватой.

На Высокое Небо, непроницаемо синевшее у них над головами, летуны не смотрели, ибо выше потолка, как известно, не прыгнешь, а стало быть, черт с ним. Вот когда аэропланы научатся подниматься километров на пять, на десять, тогда и поглядим, что́ там, за синевой.

Летнаб крикнул в разговорную кишку, раструб которой торчал возле уха командира:

— Скорость сто десять, полет по прямой сорок минут! Не пора?

— Что? — повернул голову поручик. Его, сидящего впереди, было хорошо слышно и без кишки — хоть шепотом говори.

— Фронт пролетели! Не пора?

— Я знаю, когда пора, — буркнул пилот. Он привык доверяться чутью, оно же пока помалкивало, взрезать пену не побуждало.

Летнаб пожал плечами, заголосил арию из оперетки. Командиру видней.

«Ньюпор» был на *вольной охоте*, то есть не имел от начальства никакого определенного поручения. Заправился топливом, загрузился бомбами и полетел в сторону фронта почти что наугад, словно пташка из песни — та самая, что не знает ни заботы, ни труда. Поручик Сомов в авиаотряде числился ветераном, а у ветеранов свои привилегии. Сделал дело — летай смело. Утром, если позволяла погода, экипажи выполняли обязательное задание, обыкновенно по рекогносцировке, аэрофотосъемке или корректировке артиллерийского огня. А после обеда авторитетному военлету можно было и поохотиться. Певучий прапорщик Дубцев готов был порхать по небу с утра до вечера, неважно где и зачем. Он был настоящее дитя эфира, человек-птица. Командир же отправлялся на эти рискованные прогулки от обиды. Очень уж переживал, что наша авиация с каждым днем все безвозвратней *теряет небо*.

К большой войне Россия готовилась долго. Пушек, снарядов, винтовок и пулеметов, как теперь выяснялось, в достаточном количестве запасти не успела, но зато в новом виде вооружения, небесном, обогнала все прочие державы. К 1 августа 1914 года русская армия имела 244 аэроплана — чуть больше, чем Германия, и намного больше, чем Франция. Про Англию с ее пятьюдесятью самолетами или Австрию с тридцатью и говорить смешно. В первые недели великого противостояния небо на Восточном фронте было русским.

Однако тевтоны быстро сообразили, какую важность в современной войне имеет «воздушная кавалерия». Их мощная промышленность с поразительной быстротой наладила производство машин. Открылись новые авиашколы, обеспечившие приток пилотов, летнабов и механиков. А у нас-то собственного производства самолетов почти нет, моторы привозные, новых военлетов выпускают в час по чайной ложке. За два месяца потеряли половину аэропланов и четверть людей, причем самых лучших, и всё от нерасчетливой русской удали. Первейший летун, великий Александр Васильев, был сбит на десятый день войны, потому что бравировал, слишком низко паря над австрийскими линиями. Знаменитый штабс-капитан Нестеров совершил непростительную глупость — протаранил своим самолетом вражеский и погиб. Геройство, конечно, но ведь Нестеров один стоил десяти!

В общем, по истечении первого полугодия боевых действий у германцев воздушный флот вырос вдвое, а у нас аэропланов и летчиков стало меньше, чем вначале.

При этом армейское начальство на собственном горьком опыте убедилось в стратегическом значении фанерно-полотняных «этажерок», которые еще год назад почитало бессмысленными игрушками. Во время злополучного наступления в Восточной Пруссии летчики обнаружили огромные немецкие силы, заходящие во фланг корпусу Самсонова. Немедленно доложили в штаб, а там отмахнулись — не поверили заоблачным фантазерам. Вот и получили...

Теперь каждый дивизионный начальник требует, чтоб его участок фронта непременно обслуживала авиация, да только где взять столько машин и людей? Немецкие «альбатросы», «таубе» и «эльфауге» с утра до вечера кружат над окопами, направляя огонь артиллерии и пугая наших солдатиков бомбардированием, а наших «ньюпоров» с «фарманами» почти не видно.

Вот Сомов и поднимался дважды в день — не из лихачества или дурной жажды приключений, а чтобы *обозначить воздушное присутствие:* морально поддержать свою пехоту и попугать германскую. Если б не приходилось беречь мотор, чахлый 70-сильный «Гном», поручик летал бы и по три раза.

В носу у военлета щекотнуло, по коже пробежали азартные мурашки. Это сработало летунское чутье.

Внизу пузырилась все та же непроницаемая пена, однако Сомов привык доверяться своему нюху.

Подняв колено, он взглянул на прикрепленный к щиколотке высотомер. Тысяча семьсот. «Рему́» 5—6 метров в секунду.

То ли «рему», боковой ветер, то ли древний инстинкт охотника разом выдули из головы летуна все стратегические мысли и патриотические переживания, остался один нетерпеливый трепет.

— Костя, спуск! — сказал командир через плечо и взял руль глубины на себя, чтобы заострить поворот.

Мягкими нажимами на педаль гоширования парировал напор ветра. С крутым креном пошел вниз.

Легкомысленный летнаб ухнул от удовольствия — он обожал это ощущение, будто несешься с горы на санках.

Крыло «ньюпора» блеснуло на солнце, действительно похожее на лезвие бритвы.

Майне херрен, пожалте бриться!

Все двадцать секунд, пока аэроплан ввинчивался по спирали в слепой туман облаков, поручик Сомов ужасно боялся разочароваться в своем нюхе, который еще ни разу его не подводил. Что если внизу какая-нибудь ерунда вроде лесной чащи или пустого поля?

Но чутье, без которого вольному охотнику грош цена, не подвело.

Земля, представшая взгляду военлета с высоты в тысячу метров, была соблазнительна, как очумевшая от весны девка: ярко-зеленый сарафан лугов с синим горошком луж, серебряный пояс реки, желтые ленточки перекрещивающихся дорог. По одной из них ползла длинная серо-бурая змея. Это полковая колонна двигалась по направлению к мосту.

На коленях у Сомова лежал открытый планшет с «зеленкой», десятиверстной картой.

Палец летуна безошибочно ткнул в мост через реку Дунаец. Вот что разбомбить бы! Но пятифунтовые бомбочки Орановского и трехфунтовые «груши» Гельгара, которыми был снаряжен легкий «ньюпор», для железного моста, увы, опасности не представляли.

Зато безмятежно марширующим гансам бритья было не избежать.

Выключив мотор, поручик перешел в планирование.

Пылившая по дороге пехота стремительно приближалась. Теперь она напоминала связку кровяных колбасок: меж плотно сбитыми ротными колоннами — тонкие жилки хозяйственных повозок.

У летнаба Дубцева, впрочем, возникла иная ассоциация.

— Как ириски на ниточке! — возбужденно крикнул он. — Ух вы, мои сладенькие! Миша, марципан ты мой! Заходи с хвоста!

Поручик и сам знал, откуда лучше заходить на бомбометание.

С земли русский аэроплан пока не заметили. Он выровнялся точно по линии шоссе и стал быстро нагонять германский полк.

— Чуток полевей! — попросил наблюдатель, он же бомбардир. — Ветер!

Пилот кивнул. Взял поправку — на глазок.

— Давай, чего тянешь?

Прапорщик запел:

— «Увы, сомненья нет, влюблен я! Влюблен, как мальчик, полон страсти юной!»

И дернул шнур правого бомбосброса.

Снаружи к борту кабины был прикреплен ящик, где в 36 ячейках, шесть на шесть, лежали грушеобразные гранаты: чека каждой привязана к крышке. Раскрылось дно, и гранаты под собственной тяжестью соскочили с колец, посыпались вниз. Дубцев перегнулся проверить. Увидел, что одна не сорвалась. Выдернул ее вручную и швырнул попросту, словно камень.

— Миша, наклони!

Пилот положил «ньюпор» на крыло, чтоб удобней было смотреть, как лягут бомбы.

Оба летчика жадно провожали взглядом рой черных точек.

Гранаты упали не блестяще — метров на двадцать, а то и тридцать правее шоссе. Может, кого и задели осколками, но маловероятно. Только последняя, брошенная Сомовым, угодила почти под самые колеса ротной кухни. Лошади встали на дыбы, котел перевернулся. Даже сверху было видно, как взметнулось облако пара.

— Плакал у гансов ужин! — хохотал прапорщик. — Миша, сахарный мой, теперь давай их в гриву! Только, пожалуйста, ниже, ниже!

Вѣтеръ съ западной страны слезы навѣваетъ:
плачетъ небо, стонетъ лѣсъ, соснами качаетъ.
Муз. А. Таскина. сл. Вл. Соловьева

Аэроплан грациозно описал полукруг над полем и снова повел атаку на полк, теперь уже не с тыла, а в лоб.

Сомов снизился до пятисот, хоть это было очень опасно. Пехотинцы залегли в кюветы по обе стороны от дороги. Многие, охваченные паникой, беспорядочно метались по полю. Но те, что не потеряли головы, стреляли по самолету из винтовок. Несколько офицеров, считая ниже своего достоинства прятаться от какой-то стрекозы, остались стоять, ведя огонь из пистолетов, что с такого расстояния было совершенно бессмысленно.

Вот винтовки — дело иное. В обшивке появились дырки: одна, вторая, третья. Но отчаянный прапорщик не торопился опорожнить второй ящик, он желал отбомбиться наверняка.

Наконец, дернул левый шнур.

— Всё, Миша! Можно!

Включив мотор, пилот потянул руль. «Ньюпор» взмыл кверху.

Но улетать не спешил. Как же было не посмотреть на результат?

Двигаясь по широкому эллипсу, аэроплан медленно набирал высоту.

Двадцать пять 5-фунтовых бомб из левого ящика легли ровнехонько вдоль полотна дороги — просто заглядение.

— Молодец, Костик, — сказал командир. — Теперь сфотографируй.

Еще один круг понадобился, чтобы заснять на пленочный автомат Потте перевернутые повозки и разбросанные тела.

— Тебе «цацку», а мне, пожалуй, что и «клюкву»! — кричал довольный летнаб, предвкушая награду.

«Цацкой» называли благодарность в приказе по армии, «клюквой» — красный аннинский темляк на шашку.

— А? — не расслышал командир.

Он смотрел уже не на землю, а на облака. Снизу они были похожи не на мыльную пену, а на присыпанный снегом кустарник. В этих кустах запросто могли рыскать волки.

Не в кустах, а в волнах.
Не волки, а дельфины

У пары рекогносцировщиков «эльфауге» 6-й флигерроты (пилоты Шомберг и Лютце; наблюдатели барон фон Мак и Ремер) имелась особая манера патрулирования, специально для облачной погоды, разработанная Шомбергом, летчиком от бога.

Лейтенант Шомберг был из флотских офицеров, поэтому небо представлялось ему океаном, а облака

напоминали пенные морские валы. «Эльфауге» то ныряли под них, то снова выпрыгивали над белокипен-
ным слоем, будто два резвящихся дельфина. Так было
меньше шансов упустить врага.

Охотиться на русские аэропланы придумал капитан фон Мак, которого высокое начальство отдало под
присмотр опытного Шомберга. За глаза барона называли «Инфант» или «Принц-Шарман». Он был сыном
командующего армией и в эскадрилье находился на
особом положении. Офицерам это, конечно, не нравилось, но капитану многое прощали за то, что он был
сорвиголова и беззаветно любил небо.

Во все времена на земле рождались люди, которым
жизнь представляется сплошной чередой спортивных
состязаний — даже в эпохи, когда слова «спорт» не было
и в помине. К этой бесшабашной породе принадлежал и
Карл-Гебхардт фон Мак. Все детство и юность он провел
в седле, прыгая через ямы и барьеры. Не раз ломал руки-
ноги, но шею не свернул. К двадцати годам он считался
одним из первых наездников Рейха, готовился взять золотую медаль на Стокгольмской олимпиаде 1912 года, но
отец сказал, что наследнику рода фон Маков принимать
участие в этом плебейском балагане неприлично и что
настоящей олимпиадой для гвардейского офицера будет
надвигающаяся война. С отцом не поспоришь.

Молодой барон стал с нетерпением ждать обещан-
ной войны, совершенствуясь в рубке лозы и скачках
по пересеченной местности. Однако, когда долгождан-
ный гром наконец грянул, Карл-Гебхардт сразу понял,

что в современной войне кавалерия стала démodé*, ее время закончилось, а самые увлекательные скачки теперь будут происходить в воздухе. Он закончил месячные курсы наблюдателей и уже в октябре летал над полями Пикардии и Шампани.

Очень быстро выяснилось, что аэропланы пригодны не только для разведки, но и для невиданной забавы — воздушного боя. Вооружения на самолетах не существовало, но это лишь делало поединки еще более интересными.

Самый бесхитростный способ сбить противника состоял в том, чтобы оказаться прямо над ним и кинуть сверху гирю или метнуть дротик.

Искусный пилот умел пролететь перед носом врага так, чтобы перевернуть ему машину взвихрением воздуха.

Если бой происходил над своей территорией, можно было французу «сесть на голову» и загнать вниз, под огонь пехоты, либо даже принудить к посадке. На чужой земле следовало, наоборот, гнать лягушатника на самую верхотуру, чтоб у него замерз двигатель.

Один американец, бывший ковбой, воевавший за Антанту добровольцем, умел накинуть лассо на пропеллер и оторвать лопасть.

В общем, каждый — что летун, что летнаб — исхитрялись как могли.

Придумал свою методу и фон Мак — не слишком оригинальную, но очень эффективную. О ней речь впе-

---

* Вышедшей из моды (*фр.*).

реди. Беда в том, что применять методу на Западном фронте удавалось нечасто. Там барон был обычным офицером, обязанным подчиняться строгой дисциплине и выполнять скучные рутинные задания. В конце концов Карл-Гебхардт пожаловался отцу, воевавшему на Востоке, что «наследнику рода фон Маков» зазорно служить фотографом в ателье, хоть бы и воздушном.

Генерал забрал сына к себе и предоставил ему полную свободу, зная по собственному опыту, что молодая кровь должна добродить, а горячий нрав перебеситься.

Никто теперь не понуждал Карла-Гебхардта к поденщине, но на Русском фронте возникла другая проблема: враг в воздухе встречался редко. Приходилось пробавляться бомбежкой.

В этот апрельский день барон совсем загонял своих товарищей: пара «эльфауге» прочесывала фронт зигзагом сначала с юга на север, потом с севера на юг. Ныряли под облака, выскакивали под солнце, снова ныряли. Топлива в баках оставалось на четверть часа свободного поиска, а потом придется возвращаться на аэродром.

Но всем своим существом капитан чувствовал: *сегодня что-то будет*, он не вернется с охоты без добычи. Без конца высовывался из кабины то слева, то справа, все глаза просмотрел.

Эти малопольские края он знал неплохо. До войны гостил в имении у родственников, русских фон Маков, охотился в здешних лесах на косуль. Странная штука — военная служба. Присяга может заставить человека стрелять в собственного кузена только потому, что на нем мундир другого цвета. Слава богу, русские фон Маки по традиции служили в гвардейских уланах и встретиться Карлу-Гебхардту в воздухе никак не могли. На всякий случай он никогда не бомбил кавалеристов с пиками — если, конечно, не было с определенностью видно, что это казаки.

Вдруг лейтенант Шомберг ткнул кожаной перчаткой куда-то вбок и вниз.

Меж облаков выглянуло солнце, высветлив на земле широкий круг. По нежно-зеленому фону скользила крестообразная тень.

«Ньюпор»! Русский «ньюпор»!

Капитан издал клекочущий орлиный крик.

Схватка в воздухе

В самом начале всеевропейской войны у летчиков враждующих сторон еще сохранялось ощущение принадлежности к единому братству. Даже сходясь в поединке, они соблюдали нечто вроде правил рыцарского турнира: не нападали двое на одного, в перерывах между заходами на атаку обменивались приветствиями, а если у противника глох двигатель, прекращали бой. Но эти джентльменские глупости быстро закончились. Грязное и жестокое дело — война. Прекраснодушные чистюли на ней погибают первыми. Те же, кто хочет выжить и победить, вынуждены соблюдать вечные правила драки: когда ты слабее — уклоняться от боя, когда сильнее — использовать свое преимущество сполна.

У пары рекогносцировщиков лейтенанта Шомберга преимущество было даже не двойное, а, можно сказать, трехмерное. Во-первых, по численности; во-вторых, по неожиданности; в-третьих, по высоте. Шансов спастись у русского не имелось. Ни одного. Охота обещала быть недолгой, а добыча легкой.

Карл-Гебхардт испугался лишь одного: аэроплан Лютце и Ремера был ближе к «ньюпору» и мог свалить его с первой же попытки.

Лейтенант Лютце погнал свой «эльфауге», украшенный фигуркой черного дельфина, на перехват. У летнаба унтер-офицера Ремера для воздушного боя было свое собственное техническое изобретение — четырехлапый железный крюк на тросе. Ремер очень ловко кидал его с 15—20 метров. Если везло — срывал пропеллер или ломал мотор. Если не попадал или же просто обдирал обшивку, то бросал снова. Крюк обеспечил экипажу «черного дельфина» одну подтвержденную победу и две предположительных (это когда вражеский аэроплан упал на чужой территории и его обломки не сняты фотокамерой).

От первой атаки «ньюпор» спасся исключительно из-за непоседливости прапорщика Дубцева. После успешного бомбометания он никак не мог успокоиться, всё вертелся на сиденье. Вдруг ему вздумалось проверить, не осталось ли в левом ящике зацепившейся бомбы. Перегнулся, приподнял крышку. Все 25 ячеек были пусты. Но боковым зрением летнаб заметил сбоку, выше, приближающийся силуэт «эльфауге», а за ним, в паре сотен метров, второй.

— А-а-а-а! — заорал Дубцев. — Миша-а-а-а!

— Что?

Пилот обернулся, моментально всё понял и не растерялся — вжал педаль, рванул ручку крена крыльев.

«Ньюпор», чихая мотором, завалился вправо. «Эльфауге» теперь летел параллельным курсом, метрах в тридцати.

— Стреляй, стреляй! — кричал поручик, у него самого обе руки были заняты.

Летнаб стал палить из «браунинга». Но стрельба в воздухе из пистолета — дело неверное. Когда обе машины несутся со скоростью за сотню километров, рассекая встречный поток воздуха, да еще при боковом ветре, из легкого оружия попасть в цель почти невозможно. Смысл в пальбе был только один — не давать гансу приблизиться. Дубцев разглядел свисающий из открытой кабины «эльфауге» крюк и догадался, что это за штуковина.

Немец разочарованно задрал нос и ушел вверх, давая дорогу напарнику, на фюзеляже которого красовался синий дельфин.

Попробует зайти с другого бока, пока мы бодаемся со вторым, сообразил Дубцев и пообещал себе не упускать «черный дельфин» из виду.

Капитан фон Мак готовился к бою. Из хромового футляра, украшенного баронской коронеткой, он достал коллекционный охотничий «ланкастер» 12-го калибра. Любовно погладил приклад, вставил два ребристых патрона для медвежьей охоты. Методика воздушного боя у Карла-Гебхардта была логичная и простая: по крупной дичи из крупного калибра.

Со ста метров барон взял «ньюпор» на мушку и плавно повел ствол за мишенью, как за летящей уткой.

Дах! Дах! — ударили один за другим оба ствола.

Щелкнули эжекторы, выплевывая гильзы. Через пять секунд ружье снова было заряжено.

Первая пуля перебила маслопровод, откуда мелкой капелью полетели мелкие брызги.

— Перетяни! Платком... — Крик пилота перешел в сдавленное мычание. Вторая пуля ударила Сомову в плечо.

Что вѣрно? Смерть одна!
Какъ берегъ моря суеты,
намъ всѣмъ прибѣжище она.
Кто жъ ей милѣй изъ насъ, друзья?
Сегодня ты, а завтра я!
муз. П. Чайковскаго, сл. М. Чайковскаго

Военлет на секунду потерял сознание. Аэроплан сразу зарыскал, завибрировал.

Из далекого далека поручика звали:

— Миша! Миша!

Он встряхнулся. Выпрямился. Стиснув зубы, стал управлять одной рукой.

Прохрипел:

— Замотай трубку!

Летнаб и сам видел, что масло вытекает. Заглохнет мотор — пиши пропало, до своих не дотянуть.

Едва подумал — и будто накаркал. Чертов «Гном» поперхнулся, икнул, затих. Лопасти пропеллера закрутились медленнее, еще медленнее. Встали.

Прапорщик заматывал маслопровод платком. Рядом с его головой в обшивке появились две здоровенные дырки. Немец сажал не то жаканами, не то разрывными. Но это черт с ним, главное, что двигатель снова ожил.

Сомов раскачивался из стороны в сторону, сознание у него наплывало и уплывало волнами. Но рука держала рычаг твердо, в голове стучала одна мысль: только бы перетянуть через линию фронта. *Землеходность* у «ньюпора» отличная, сядет хоть на пашню.

Тем временем барон фон Мак успел зарядить «ланкастер» в третий раз. Расстояние до русского самолета было метров пятьдесят, чудесный Шомберг вел машину ровно на той же скорости, что летел «ньюпор», —

теперь стрелять было так же удобно, как по неподвижной цели.

Можно расколошматить башку пилоту — его круглый шлем так и просился на мушку. Но тогда игра в кошки-мышки слишком быстро закончится. Капитану хотелось растянуть удовольствие. Он прицелился в наблюдателя.

Дах!

Фигурка в кожаной куртке подпрыгнула и обвисла, как тряпичная кукла.

Бравый Шомберг обернулся, показал большой палец.

Не без опаски Карл-Гебхардт оглянулся на поотставший «эльфауге» — не вздумал бы соваться. Но «черный дельфин» покачал синему крыльями, давая понять, что всё видит и не собирается отбирать у товарищей верную победу.

Вдруг рядом с самолетом Лютце-Ремера в воздухе лопнул дымный шар, словно от разрыва снаряда. А между тем зенитной пушке противника здесь взяться было неоткуда! И все же через долю секунды донесся звучный хлопок ближнего выстрела.

Что за чертовщина?

Лейтенант Шомберг повернул голову, которая в гладком шлеме и огромных очках напоминала стрекозью. Его глаза недоверчиво расширились.

— Это еще что?!

Прямо под нижней кромкой облаков плыло какое-то чудище со стеклянной мордой, огромным размахом

По небу быстро поднимаясь,
навстрѣчу мчась одна къ другой,
Двѣ тучи, медленно свиваясь,
Готовы ринуться на бой!
муз. Ц. Кюи, сл. К. Случевскаго

крыльев и — невероятно! — аж с четырьмя пропеллерами. Хотя монстр был намного дальше «черного дельфина», по сравнению с этой слоновьей тушей «эльфауге» казался мелкой зверушкой.

Увидел махину и раненый поручик Сомов. Оглянулся, закричал:

— «Муромец»! Костик, мы спасены! Урраа!

Летнаб не ответил.

Русский богатырь

Командир воздушного корабля «Илья Муромец» был заядлый курильщик, но всякое открытое пламя на борту строжайше воспрещалось, поэтому в углу рта у него торчала незажженная папироса. За полет он иногда сжевывал по полпачки своего любимого «Дюшеса». Поэтому в воздухе он говорил невнятно, шепелявя:

— Ефё раз из пуфечки.

В просторной, закрытой от ветра каюте орать не приходилось. Достаточно было слегка повысить голос, чтоб перекрыть ровный гуд моторов.

Лицо командира с глубоким шрамом на щеке (чудом остался жив на смотре в 1911-м, когда хрупкий «блерио» скапотировал) было, как всегда, бесстрастным. На груди посверкивал белой эмалью георгиевский крест.

— Ну ее к бесу, пушку. — Стрелок-артиллерист неодобрительно шлепнул трехдюймовку «гельвиг» по замку, словно нашкодившее дитя по заднице. — Грохоту много, а толку мало. Я лучше из пулемета.

Пушка на корабле была установлена недавно, в экспериментальном порядке. Она была особенная. При выстреле из главного ствола вылетал боевой снаряд, а из добавочного — пыж, гасивший откат. Надежд хитрая пушка, однако, не оправдывала: била неточно.

Другое дело — миляга «максим».

Артиллерист тронул закрученный ус, взялся за ручки, прицелился по отчаянно маневрировавшему «эльфауге».

Второй пилот, совсем еще мальчик, завистливо сглотнул. Ему тоже хотелось пострелять из пулемета, но на «Муромце» нарушение установленного порядка не приветствовалось. Каждый из четырех членов экипажа ведал чем-то одним. Командир вел машину, артиллерист стрелял, механик следил за работой двигателей и чинил неисправности, а у второго летчика работы почти не было: только подстраховывать главного пилота на случай ранения да помогать, когда нужно вдвоем навалиться на тяжелый руль высоты.

Самым пожилым был механик, ему шло к сорока. Пока в его хозяйстве все нормально крутилось, урчало и журчало, он дремал в кожаном кресле. Если бой — нервничал: выпускал из-под тужурки суконную ладанку на шнурке, начинал сопеть и пыхтеть, на некрасивом, жеваном лице появлялось выражение тревоги. Но при этом всё, что положено, исполнял на «ять». Командир его очень уважал и единственного во всем экипаже звал по имени-отчеству.

Стрелок нажал на гашетку. Матерно выругался.

— Скосил! Эх, коньяку бы глоточек. Руки прямо не свои!

— Я тебе дам «глотофек». Ты чефное летунфкое давал.

Вторая очередь оторвала от немца клоки ткани и деревянные щепки. После третьей «черный дельфин» кувыркнулся и, медленно вращаясь, стал падать вниз.

Оставшийся «эльфауге» со всей мочи удирал вглубь германской территории, прижимаясь к земле. Догнать его было в принципе возможно, однако инструкция строго-настрого запрещала воздушному кораблю за линией фронта спускаться ниже 1200 метров, чтоб не попасть под огонь пехоты и артиллерии. Не хватало еще, чтоб секретный аппарат попал в руки к немцам.

— Достанефь? — спросил пилот артиллериста.

Тот презрительно фыркнул — обижаете, господин штабс-капитан.

Высадил вслед «синему дельфину» всю кассету, до последнего патрона. Пули легли как надо, изрешетили ганса вдоль и поперек. Но пилот на «эльфауге» был дьявольски хорош. На изодранных крыльях, с вытекающим бензином всё тянул и тянул, не падал.

Поручик-артиллерист с досады плюнул — символически, без слюны. Свинячить на «Муромце» не дозволялось.

— Радуйся, вша тевтонская!

Но лейтенант Шомберг не радовался. Он плакал — точно так же, как в эту минуту плакал поручик Сомов, везя домой своего мертвого товарища.

Только Шомберг еще бился затылком о спинку сиденья и бормотал: «Боже, боже... Что я скажу генералу...»

В ставке кайзера

В ставке императора Вильгельма шло важнейшее совещание. Уточнялись детали операции, которая должна была положить конец затянувшейся войне. Молниеносной победы на Западе не получилось. В августе, когда Париж был уже в пределах досягаемости, пришлось срочно перекидывать корпуса в Восточную Пруссию, чтоб отогнать прочь от родных земель русскую орду. Французы успели опомниться, англичане — мобилизоваться, и создалась ситуация, которой стратеги Генерального штаба опасались больше всего: долгая позиционная война на два фронта.

План грядущей кампании был таков: оставить на Западе минимальный заслон (союзникам после прошлогодних потерь не до наступлений), а всей наличной силой ударить на Восток, чтобы одним мощным пинком вывести Россию из игры. Пускай там, как во время японской катастрофы, военное поражение обернется хаосом, брожением и смутой. В 1905 году, оказавшись перед угрозой революции, царь быстро утратил боевой пыл и запросил мира. То же самое произойдет теперь, десять лет спустя. Германский и австрийский орлы повыдерут российскому пернатому пух и перья.

После утренней сессии, на которой обсуждались главные стратегические вопросы: направление ключевого удара, график переброски войск и согласование действий с австрийцами, его величество удалился в свои покои для небольшого отдыха.

Император устал. Ему было 56 лет. Не такая уж и старость, но покойный отец говаривал, что год правления следует засчитывать за два. По этой хронологии за 27 лет пребывания на троне кайзер уже превратился в глубокого старца. Сколько трудов, забот, потерь, разочарований. Сколько ночных страхов и бескрайнего одиночества, знакомого лишь монархам, которые тащат на своих плечах груз целой империи...

На всем белом свете был только один человек, который мог это понять, — кузен Ники. Но жестокая логика истории сделала их врагами. А ведь они не хотели этой войны! По обе стороны границы уже шла мобилизация, генералы алчно расчерчивали карты, офицеры прикидывали, как будут смотреться на их мундирах железные кресты и «георгии», а царственные кузены все обменивались отчаянными телеграммами на английском — языке своего детства:

«...Чтобы избежать ужасного несчастья в виде европейской войны, умоляю тебя во имя нашей старой дружбы сделать все, что в твоих силах, дабы удержать твоего союзника от крайностей.

Ники».

«...Искренне верю, что ты поможешь мне урегулировать возможные осложнения. Твой очень искренний и преданный друг и кузен.

Вилли».

«...Верю в твою мудрость и дружбу.
Твой любящий Ники».

«Моя дружба к тебе и твоей империи, завещанная мне дедом на его смертном одре, всегда была для меня

священной, и я всегда поддерживал Россию в трудную минуту, особенно во время ее последней войны.

Вилли».

Два самых могущественных монарха планеты — один полностью самодержавный, другой конституционный лишь по видимости — сделали всё, чтобы избежать столкновения. Но министры, стратеги, промышленники вкупе с так называемой общественной элитой волокли упирающихся императоров на бой, и ничего поделать с этим было нельзя. Вильгельм слишком хорошо усвоил главную заповедь правителя: подданные будут повиноваться, только если ты приказываешь то, что они и так бы охотно сделали.

Разведка потом донесла, что мягкохарактерному Ники пришлось еще хуже. Когда он попросил своего военного министра приостановить мобилизацию, грубиян ответил: «Мобилизация — не коляска, которую можно приостановить, а потом снова двинуть вперед». Стал царь звонить начальнику своего Генштаба — там ответили, что телефон неисправен.

И свершилось то, что должно было свершиться.

Жаль бедного Ники. Его немытые армии обречены, его рыхлая держава вот-вот рассыплется. Что ж, на все воля Господа...

Отдав дань сентиментальности, император вернулся в кабинет, всем своим видом олицетворяя уверенность и несокрушимость гогенцоллерновского Рейха:

знаменитые усы торчат слоновьими бивнями, грудь в корсете выпячена вперед, сухая и короткая левая рука, последствие родовой травмы, небрежно лежит на эфесе.

Из лиц, присутствовавших на первой половине исторического заседания, остались лишь начальник Генштаба, военный министр и командующий ударной 11-й армией барон фон Мак. На повестке дня оставались вопросы профильные, все сплошь чрезвычайной важности, но требовавшие отдельных сессий со специалистами.

Первыми в кабинет вызвали руководителя разведки и его помощника. Вид у обоих был встревоженный — все детали предстоящей операции обсуждались с разведкой еще на самом начальном этапе, и сегодняшний вызов мог объясняться только какими-то экстренными причинами.

— Прошу садиться, господа.

Генералы сели, но, увидев, что Вильгельм остался стоять, снова поднялись. Он жестом показал: сидите, сидите. В величавой задумчивости прошелся по кабинету. Встал перед картой, на которой жирная красная стрела рассекала фронт, вонзаясь в круглое подбрюшье русской Польши. Если начальник Генштаба начнет ставить перед разведкой задачи, это будет нудный бубнеж минут на сорок. Император же был мастером красноречия лаконичной римской школы. Ну-ка, за две минуты, мысленно подзадорил он себя. Уложитесь, ваше величество? Искоса взглянул на часы и начал:

— Исторический момент определен. 2 мая армия генерала фон Мака, в которой собраны наши лучшие войска, включая Гвардейский корпус, прорвет фронт вот здесь, на участке Горлица — Громник. Численное преимущество в живой силе у нас относительно небольшое, всего двукратное, зато по количеству орудийных стволов мы превосходим противника вшестеро, а по тяжелой артиллерии в 40 раз. С этой точки мы начнем сворачивать весь русский фронт, словно ковер. Через месяц, самое позднее — к концу лета, царь запросит мира. Без поддержки российского медведя галльский петух превратится в мокрую курицу, а британский лев в дрожащую собаку. Наступление барона фон Мака может решить судьбу всей войны. *Может,* — с нажимом повторил Вильгельм. — При одном условии. *Если удар будет внезапным.* Мы все знаем о несчастье, постигшем нашего дорогого друга. — Его величество скорбно покивал командующему 11-й армией, сухому старику с траурной повязкой на рукаве. — И высоко ценим истинно спартанское мужество, которое в этот тяжелый миг не позволило безутешному отцу забыть о своем долге. Даже потеряв единственного сына, барон думает не о своем горе, а об успехе наступления. Прошу вас, друг мой.

Кайзер сел, вновь поглядев на часы. Ровно две минуты, секунда в секунду.

Генерал-полковник фон Мак тоже был не из болтливых. Он заговорил скрипучим голосом, словно диктовал телеграмму:

Воронъ и ворону летитъ,
Воронъ ворону кричитъ:
Воронъ, гдѣ бъ намъ пообѣдать?
муз. А. Алябьева, сл. А. Пушкина

— Скрытность подготовки наступления гаранти-
ровалась двумя факторами. Первое: слабость русской
агентурной разведки. Второе: наше господство в воздухе, затрудняющее противнику глубокую авиаразведку.

Оба руководителя Разведуправления согласно на-
клонили головы — фон Мак очень точно суммировал
выводы, изложенные в их прошломесячной аналити-
ческой сводке.

— Положение переменилось, — бесстрастно продолжил барон все такими же рублеными фразами. —
Господства в воздухе больше нет. У русских появился
тяжелый многомоторный самолет, против которого
бессильна легкая авиация. Наши пилоты прозвали эту
машину «Летающий слон». Именно он... — Фон Мак
проглотил комок в горле. — Именно «Летающий слон»
убил моего мальчика...

Все присутствующие опустили глаза, чтобы дать
генералу возможность справиться с приступом горя.

Он справился. Речь барона сделалась еще суше:

— Пока у русских на фронте всего один «Летающий слон». Но к сожалению, именно на моем участке.
Дальность его полетов очень велика. Высота недоступ-
на — до 4000 метров. Урон от бомб, которые сбрасы-
вает этот гигант, сопоставим с обстрелом тяжелой артиллерии. Чистая случайность, что «Летающий слон»
еще не обнаружил скопление эшелонов в моих тылах.
Если у русских окажется не один такой аэроплан, а
несколько, секретность операции неизбежно будет на-

рушена. И тогда наступление провалится... У меня всё, ваше величество.

И фон Мак, живое воплощение долга, умолк.

Вильгельм поневоле залюбовался железным генералом. Вспомнил, как Бисмарк, наставник молодого кайзера, говорил: «Пока у вас есть созданный мной офицерский корпус, вашему величеству не страшен никакой враг». С тех пор много воды утекло...

— Кто бы мог подумать, что от каких-то летающих этажерок может зависеть судьба кампании, — сказал император вслух. — Еще пять лет назад над ними все потешались.

Военачальники, большинство из которых были старше кайзера, завздыхали.

— Итак, известно ли моей разведке что-либо о «Летающем слоне»? — спросил Вильгельм начальника управления тоном, не предвещавшим ничего хорошего.

— Русские называют эту машину «Ilija Murometz». — Главный разведчик Рейха тронул пышные усы, точь-в-точь такие же, как у кайзера.

— Что это значит?

— Это такой фольклорный герой, ваше величество. Вроде нашего Зигфрида, только очень массивного телосложения. До 33-летнего возраста он sidel sidnem, то есть совсем ничего не делал, но потом встал с лавки и совершил много разнообразных подвигов.

— Ну разумеется, — задумчиво произнес Вильгельм, снова вспомнив своего старого учителя, говорившего, что русские медленно запрягают, да быстро едут. — И много у моего дорогого кузена таких слонов?

— Десять почти готовы, ваше величество. Ждут сборки. Могут появиться на фронте еще до конца апреля.

— Но это совершенно недопустимо! Вы обязаны что-то сделать! Немедленно! — воскликнул барон фон Мак, допустив вопиющее нарушение этикета. Впрочем, скорбящему отцу и командующему ударной армией это было извинительно.

— Немедленно, — повторил кайзер, насупленно глядя на усатого разведчика.

Тот, однако, смотрел не на своего монарха, а на помощника. Между двумя генералами, мастерами закулисной войны, происходил некий безмолвный диалог.

Помощник поправил монокль в глазнице, вполголоса произнес:

— Теофельс?

Начальник просветлел:

— Ну разумеется! — Он обернулся к императору. — Есть один человек. Сейчас находится в России. Очень способный разведчик и к тому же отличный знаток авиации.

— Капитан фон Теофельс? Превосходный офицер. — Как подобает сыну и внуку венценосцев, Вильгельм обладал особенной, с детства натренированной памятью, которая цепко хранила тысячи имен и лиц. — Растолкуйте ему неотложность задания и всю меру ответственности.

Капитану фон Теофельсу
снился сон...

Йозеф фон Теофельс, человек с сотней разных имен, больше всего любил, когда его звали просто «Зепп» — потому что так к нему обращались очень немногие. В жизни гауптмана бывали периоды, когда он настолько врастал в чужую кожу, что вообще забывал о своем настоящем «я». Оно залегало в спячку, будто медведь в берлогу, и давало себя знать только по ночам, когда мозг Зеппа переходил в режим менее интенсивной работы. Именно так — полностью мыслительный аппарат фон Теофельса не отключался даже во сне.

Из книг, из рассказов других людей Зепп знал, что спящему человеку свойственно видеть какие-то химеры — нечто абсолютно бесполезное, иррациональное, иногда вовсе не связанное с реальной жизнью. Но с самим Теофельсом ничего подобного никогда не случалось. Эта патология, очевидно, объяснялась особенной дисциплинированностью разума, неспособного к полному расслаблению. Капитан видел сны, и очень часто, однако они были и полезны, и рациональны. Доктору Фрейду в них анализировать было бы нечего.

Даже находясь в пресловутых объятьях Морфея, гауптман продолжал искать ответ на вопрос, занимавший его днем. Между прочим, иногда находил и просыпался с уже готовым решением.

Другой разновидностью доступного Теофельсу сновидения были картинки из прошлого — но не произвольные, а тоже непременно сопряженные с нынешним кругом забот.

Именно такого рода сон капитан наблюдал или, лучше сказать, *просматривал* сейчас.

Виденье было в высшей степени приятным, даже эротичным. Будто сидит Зепп в открытой кабине «альбатроса» и парит на высоте 2500 метров с выключенным двигателем. Он совсем один во вселенной, между Землей и Космосом, совершенно свободный и счастливый.

Это превосходное чувство Теофельс испытывал и наяву всякий раз, когда поднимался в небо. Появись самолеты в его жизни раньше, он, наверное, стал бы авиатором. Но тот, кто вкусил опиума военной разведки, подобен тигру, отведавшему человеческого мяса. Все другие виды пищи будут казаться пресными. Если, конечно, ты настоящий прирожденный шпион, от Бога и Дьявола. Кстати сказать, в слове «шпион» Зепп не видел ничего зазорного. Хорошее, точное название для змеиного ремесла, в котором приходится сочетать бесссшшумное ползззанье и зззаворажжж-живающщее шшшипение с — цап! — молниеносными инъекциями убийственного яда.

Ощущения от пилотажа и от шпионажа были очень похожи.

Ты совсем один. Можешь надеяться только на собственный ум, реакцию и удачу. Всё окружающее враждебно и таит в себе угрозу. Остальные представители людского рода — маленькие букашки, за которыми занятно наблюдать с высоты орлиного полета. Есть некий курс, которого надо держаться, и лимит времени, который нельзя нарушить. Ну и, само собой, каждую минуту рядом Смерть. Только ее обжигающее дыхание и дает возможность сполна наслаждаться жизнью.

Существование истинно целеустремленного человека исполнено простоты и ясности. Ничто, кроме Цели, не имеет важности. Мир состоит всего из двух цветов: черного и белого. Все явления, события и факты делятся на две категории: полезные для дела и вредные. Отсюда восхитительная конкретность поступков. Полезное следует стимулировать, вредное — устранять. Не жизнь, а цепочка математических формул. Красота!

Досмотрев чудесный сон про полет (и заодно освежив в памяти кое-какие тонкости управления аэропланом), фон Теофельс пробудился бодрым и полным сил. Закинул руки за голову и стал прикидывать, с какой стороны взяться за полученное с последней шифровкой задание. Мозг у Зеппа по утрам работал, как швейцарский хронометр.

Задача была исключительно интересная. Жаль только, времени в обрез.

Итак, герр капитан, что мы имеем?

Наши русские приятели в очередной раз удивили цивилизованное человечество зигзагом непредсказуемого скифского мышления. Не могут наладить производство сапог и винтовочных патронов, но вдруг взяли да изобрели сверхмощный воздушный корабль, с которым не может соперничать ни один из существующих самолетов.

Технические данные: размах крыльев — 35 метров; общая мощность двигателей — 540 лошадиных сил; полетная масса — до 5 тонн; экипаж — 4 летчика, наземное обслуживание — 40 человек; одна машина по мощи приравнивается к целой эскадрилье; «Муромец» способен сбрасывать бомбы весом до 4 центнеров; оснащен прицельным прибором для бомбометания; вооружение — пушка и пулемет; дальность разведочного полета — 300 километров в одну сторону. В общем, настоящий летающий кошмар.

Пока на фронте действует только один аппарат, в районе крепости Ивангород, но в Петрограде создано особое отделение «Русско-Балтийского завода», где все подготовлено к массовому производству. Оснащен специальный цех, налажен выпуск мощных 6-цилиндровых моторов особой конструкции. Десять новых аэропланов могут быть собраны чуть не за два дня. Дирекция завода ждет лишь приказа и, разумеется, оплаты. Стоимость производства одного «Муромца» очень высока — что-то около 200 тысяч рублей. Если даже десять новых машин попадут на фронт слишком поздно, чтоб сорвать неожиданность наступления, это слоновье стадо сильно помешает развитию успеха. Десяток «Муромцев» способен на первом же этапе парализовать германскую авиаразведку, затруднить переброску войск и боеприпасов. Всё планирование наземных тактических операций будет поставлено в зависимость от летной-нелетной погоды. А через месяц на фронте окажется уже двадцать «Летающих слонов», через два месяца — тридцать, через три — сорок. Грандиозный замысел молниеносного разгрома России будет обречен.

Что же тут может сделать один маленький человечек, песчинка против горы, мышонок против слона, спросил себя капитан. И засмеялся. Правильно сформулированный вопрос — половина ответа.

Вот именно: мышь и слон.

Огромному животному не страшны никакие звери — кроме малюсенькой мышки. Она может залезть лопоухому гиганту в хобот и изгрызть его изнутри.

Стало быть, задача — определить, где у проекта «Илья Муромец» хобот, самая уязвимая точка. Найти и вгрызться.

Зепп оскалил замечательно белые зубы, щелкнул ими и крикнул слуге:

— Тимо! Подавай завтрак! Жрать хочу!

В Особом авиаотряде

На аэродроме Особого авиаотряда, расквартированного близ деревни Панска-Гура, к югу от Ивангорода, проходила генеральная репетиция большого смотра, на котором верховный главнокомандующий будет знакомиться с состоянием фронтовой авиации. Брезентовые ангары для аэропланов перетянули заново; на взлетной полосе траву выстригли ровней, чем на английском газоне; все машины были вылизаны до блеска и свежепокрашены.

Хозяйство полковника Крылова содержалось в образцовом порядке, и все же командир нервничал. Сегодняшняя инспекция, хоть и предварительная, была гораздо дотошней и неприятней грядущего смотра. Великий князь Николай Николаевич, при всем почтении к августейшей особе, имеет о самолетах весьма туманное представление. Посмотрит, браво ли выглядит личный состав. Полюбуется показательными полетами легких самолетов, демонстрацией возможностей нового воздушного корабля. Можно не сомневаться, что его высочеству понравится солидных размеров машина, которая умеет палить из пушки и пулемета. В детали и тонкости главковерх вдаваться не станет.

Другое дело нынешние ревизоры — начальник Воздухоплавательного отдела при Генштабе генерал Краенко и начальник Авиаканцелярии генерал Боур. Оба специалисты, и занимают их не «ньюпоры» с «фарманами», а исключительно воздушный корабль. Генералы не спустят «Муромцу» ни малейшей оплошности, придерутся ко всякой мелочи. Они и приехали-то с одной-единственной тайной целью: а вдруг удастся вовсе не допустить летающего богатыря к смотру, и тогда вся затея с серийным выпуском тяжелых самолетов ляжет под сукно.

Генералы находились между собой в давней, нескрываемой вражде. При встрече обошлись без рукопожатия, за все время ни разу друг к другу не обратились. Дело в том, что Краенко был давним энтузиастом летательных аппаратов, которые легче воздуха, то есть дирижаблей. Боур горой стоял за авиацию, но не тяжелую, а легкую. Причем ратовал за то, чтобы не производить самолеты в России, а закупать их во Франции — это-де быстрее, надежней и дешевле. Так-то оно так, но как прикажете доставлять аэропланы и моторы, если Европа рассечена фронтами? Только морем, вокруг Скандинавии. А это потеря времени и опять-таки дороговизна, ибо за морем телушка полушка, да рубль перевоз. И еще злые языки поговаривали, что шеф Авиаканца неспроста отдает явное предпочтение аппаратам «моран» — якобы идет за них генералу от фирмы некая комиссия.

Правда это или нет, Крылову было неизвестно, однако полковник отлично видел, что к «Муромцу» оба непримиримых врага относятся с одинаковой неприязнью. Еще бы! Бюджет Главного военно-технического управления не резиновый. Пойдет финансирование тяжелой авиации — сократят заказы на легкую и на дирижабли с аэростатами.

Интересы «Муромца» сегодня представлял один лишь главный конструктор, человек совсем еще молодой и несолидный. Генералы посматривали на него с презрением, многоречивые технические объяснения пропускали мимо ушей. Конструктор чувствовал враждебность, однако, будучи человеком не вполне от мира сего, вел себя неправильно: горячился и оправдывался. Если б не было доподлинно известно, что «Илье Муромцу» благоволит сам государь император, воздушное начальство богатыря вместе с его изобретателем уже давным-давно бы без каши слопало и косточки выплюнуло. Но приходилось терпеть, соблюдать приличия.

Показывая важным посетителям свое хозяйство, командир Особого авиаотряда был вынужден учитывать, что здесь сегодня представлены все три периода развития «небесной кавалерии»: ее вчерашний *плавательный* день в лице консерватора Краенко, сегодняшний *стрекозий* в лице прагматика Боура и завтрашний *монументальный* в несолидном обличье господина изобретателя. Сам полковник начинал свою карьеру на дирижаблях, в настоящее время командовал отрядом одномоторных самолетов, но успел оценить выдающиеся возможности «Муромца», поэтому мог считаться фигурой нейтральной. Все три гостя держали его за своего, что создавало для Крылова определенные психологические трудности. Он был человек прямой, неполитичный, но при этом очень вежливый — а это мучительное сочетание.

Например, Краенко спрашивал:

— А помните, Юлий Самсонович, как мы с вами в девятьсот седьмом Кавказскую гряду с попутным нордвестом пересекали? Бесшумно, плавно — словно архангелы. Ничего красивее в жизни не видывал!

— Помню, ваше превосходительство. Было чрезвычайно красиво, — отвечал Крылов, но считал своим долгом присовокупить: — Только потом ветер стих, и мы одиннадцать часов провисели над Сухумом.

Генерал, натурально, воспринимал это как предательство.

Потом Боур говорил:

— Новый «моран-ж» получили? 16-метровый, с 50-сильным «гномом»? Чудо, а не машинка! Шедевр французской инженерной мысли!

— Хорошая машина, — признавал полковник. — Но «ньюпор-10» русской сборки ничуть не хуже.

И у авиаканцелярского начальника сердито топорщились усы.

* * *

Инспекторы поприветствовали выстроенных летунов. Те ответили нестройным «здра-жла-ваш-ди-ство!». Шеренга смотрелась пестро. Некоторые офицеры были одеты в форму своего природного рода войск: кто пехотную, кто кавалерийскую, кто казачью. Другие щеголяли новехоньким, недавно утвержденным авиаобмундированием: однобортный черный френч, погоны с «птичкой» и диковинный головной убор без козырька — его уже прозвали «пилотка». Надо будет к смотру нарядить всех единообразно, заметил себе Крылов. Главковерх терпеть не может «цыганщины».

Смотреть полеты обычных аэропланов начальство не пожелало.

— Ну что ж, — с фальшивым добродушием улыбнулся Краенко, старший по чину. — Показывайте, где вы прячете вашего пузана. Не будем тратить время на пустяки.

Он пренебрежительно качнул подбородком в направлении легких аэропланов. Генерал Боур вспыхнул и глухо пробормотал что-то нецензурное. Конструктор засопел, обидевшись на «пузана».

А Крылов, вздохнув, вспомнил немецкую поговорку: один русский — гений; двое — скандал; трое — хаос.

— У «Ильи Муромца» собственная зона, строгой секретности, — рассказывал он генералам на ходу. — Это отдельное подразделение, хоть и приданное к моему авиаотряду, однако же подчиняющееся мне лишь в строовых и хозяйственных вопросах. Техническая и боевая сторона находится в компетенции штабс-капитана Рутковского, командира воздушного корабля.

Это пояснение полковник сделал нарочито легким тоном. Положение *частичного* начальника секретной зоны уязвляло его самолюбие, но Крылов старался быть выше мелочных амбиций.

Небольшая группа приблизилась к высокому забору, который правильным прямоугольником огораживал часть просторного поля. По углам территории стояли вышки с новейшими зенитными пулеметами. Сбоку, укрывшись в роще, располагалась батарея противоаэропланных 75-миллиметровых орудий.

— Так не охраняют и ставку его величества, — саркастически обронил генерал Боур. — А где этот Рутковский? Он что, считает ниже своего достоинства выйти нам навстречу?

— Штабс-капитан должен быть уже в кабине. Корабль готов к показательному вылету.

Полковник, задрав голову, взглянул на мишени, привязанные к парившим в небе аэростатам. Махнул рукой — широченные ворота разъехались в стороны.

Открылся вид на внутреннее обустройство зоны: ангар, барак для нижних чинов, домик для офицеров. Сам «Илья Муромец» стоял посередине, готовый к выезду на взлетную полосу.

Воздухоплавательный генерал крякнул.

Вижу горы-исполины,
Вижу рѣки и моря —
Это русскія картины,
Это Родина моя.
муз. А. Полячека, сл. Ѳ. Савинова

— А дирижабли все равно больше, — проворчал он, вцепившись рукой в свою пушистую бороду.

Авиационный генерал молчал. Под каждым из крыльев великана запросто разместилось бы по «морану».

Крылов махнул рукой.

От «Муромца» врассыпную бросились солдаты, казавшиеся рядом с ним лилипутами.

Ровно зарычали моторы, закрутились пропеллеры. Махина покатилась из ограды на поле.

Четверо авиаторов в яйцевидных шлемах отсалютовали начальству. Сквозь бликующее стекло кабины лиц было не видно. Генералы раздраженно козырнули. Волнующийся конструктор помахал шляпой.

— Каркас фюзеляжа состоит из шпангоутов, на которых закреплены лонжероны и стрингеры, — лепетал он. — На этой модели рулевые тросы, управляющие элеронами, вынесены наружу, для легкости ремонта. Обшивка сделана из обычного полотна. Я предлагал укрепить салон бронированным листом, что сделало бы экипаж практически неуязвимым, но это существенно понижает грузоподъемность, и было принято решение воздержаться...

Его никто не слушал.

Воздушный корабль разбежался с величавой грацией слона. Казалось, эта махина не сможет оторваться от земли, но «Муромец» поднялся с удивительной легкостью и, описывая широкие круги над полем, начал набирать высоту.

— Медленно взлетает, ох медленно, — покачал головой Боур. — «Моран» бы уже набрал тысячу пятьсот.

Изобретатель кусал губы.

— Однако как славно маневрирует, — пожалел молодого человека полковник.

Корабль начал стрелять по мишеням. Вычихнул струю дыма, рядом с ярко-красным кубом из полотна лопнул разрыв.

— Промазал, — констатировал Краенко.

— Я был против установки на корабле пушки! — закричал конструктор. — Решительно против! Лучше поставить второй пулемет! В воздушном бою пулеметы гораздо эффективней!

Будто услышав подсказку, «Муромец» затарахтел частыми очередями. В секунду разнес красный куб, а за ним расчехвостил и аэростат, который вялой колбасой заскользил вниз.

— Точно так же «Муромец» расправится с любым дирижаблем! — отомстил воздухоплавателю конструктор.

— Уж в этом-то можно не сомневаться, — поддержал его Боур. — Однако за такие деньги можно купить десять «моранов».

— Мой «Илья» собьет ваши десять «моранов», а сам останется невредим, — ляпнул молодой нахал. Эфемерный союз легкой и тяжелой авиаций, едва возникнув, распался.

— И потом, целых четыре человека на экипаж! При нашем-то дефиците кадров. У вас ведь, полковник, несколько машин простаивает?

— Так точно, ваше превосходительство. Наблюдатели есть, а с опытными пилотами беда. Правда, не сегодня-завтра прибудет большое пополнение, — похвастался Крылов, ждавший новых летунов как манны небесной.

«Муромец» старательно выписывал петли, демонстрировал повороты, сбросил макет бомбы, попавшей точно в середину очерченного круга, но генералы уже отвернулись — поняли, во́роны, что добычи не будет.

— Так или иначе, всё решит смотр. — Краенко похлопал бывшего сослуживца по плечу. — На всё, как говорится, воля Всевышнего и верховного. Пойдемте, покажете, как обеспечивается безопасность корабля.

Из ворот зоны вышел красномордый унтер с кожаной сумкой через плечо. При виде генеральских лампасов выкатил грудь, расправил плечи, перешел на чеканный шаг и так четко подбросил руку к фуражке, что сразу стало видно настоящего коренного служаку.

— Сорок нижних чинов постоянно находятся на территории. Отлучаться запрещено. Только старший унтер-офицер Сыч, — Крылов показал на молодца, — может выходить в штаб или в лавку. Господам офицерам разрешается удаляться от зоны не далее, чем на версту. Поездки в город допускаются лишь в дождливую погоду. Из лиц, не входящих в штат корабля, входить на объект имеем право лишь я и отрядный адъютант...

Едва он это сказал, как в ворота рысцой вбежал адъютант авиаотряда поручик Гамидов, легок на помине. Его красивые сливообразные глаза сияли счастьем.

— Ваше превосходительство! — закричал он издалека. — Разрешите обратиться к господину полковнику! Юлий Самсонович! Прибыло пополнение! Большое! Один летнаб, остальные пилоты!

Большое пополнение

Начальнику авиаотряда так не терпелось поскорее увидеть летчиков, что конец инспекции получился неприлично скомканным. Все объяснения полковника ужались до куцых фраз, на вопросы он отвечал главным образом «Так точно» или «Никак нет». В скором времени генералы заскучали, тем более что придраться к «Муромцу» оказалось не из-за чего, а время шло к обеду. От вежливого приглашения откушать «обычной летунской трапезы» в офицерской столовой их превосходительства отказались, сославшись на приглашение ивангородского коменданта. И упылили на своих автомобилях, скатертью дорога.

Крылов перекрестился и, стараясь не сбиться на мальчишеский бег вприпрыжку, поспешил в штаб.

Пополнение действительно оказалось грандиозным. Перед крыльцом бывшей управы, окруженные офицерами, стояли и курили пятеро мужчин. Целых пятеро! Притом что Авиадарм обещал прислать самое большее четырех.

С летным составом в действующей армии было еще хуже, чем с аэропланами и запчастями. На всю державу имелось шесть авиашкол. Вместе взятые, они могли вместить сотню учащихся, половина из которых отсеивалась за неспособностью к пилотному делу, а оставшихся буквально рвали на части. Свою квоту на этот год Особый авиаотряд уже выбрал. Но изобретательный Крылов догадался первым закинуть в управление бумагу, прося о пополнении за счет некадровых летчиков из числа запасных и охотников. До войны в России было немало любителей-спортсменов, летавших на свой страх и риск — кто в погоне за денежными призами, кто по зову сердца. Среди этой публики попадались пилоты недюжинного таланта.

— Господа офицеры! — рявкнул кто-то из военлетов, первым заметивший начальника.

Свои отошли в сторону, подтянулись. Новенькие неловко выстроились. Вид у них был нелепый: кто в канотье, кто в кепи, один в солдатской гимнастерке, один в широкополой шляпе. У ног багаж — чемоданы, портпледы, саквояжи.

— Сашка! Круглов! — ахнул командир, бросаясь к маленькому курносому щеголю в чудесном парижском костюме и штиблетах с гамашами.

Обнялись.

Старые знакомцы очень давно не виделись. Когда-то Александр Круглов числился звездой отечественной авиации, но после первого Всероссийского праздника воздухоплавания, в сентябре десятого, вдруг исчез. Тогда разбился капитан Мациевич, и разбился странно: ни с того ни с сего выпал с высоты 500 метров из своего «блерио». Заговорили о самоубийстве. Сначала, как водится, болтали о роковой любви. Потом возникла другая версия, политическая.

Двумя днями ранее Мациевич поднимал в воздух самого Столыпина. Пять минут покатал его над Петербургом и спустил на землю, только и всего. Однако Охранному отделению стало известно, что капитан был членом подпольной террористической организации и получил задание разбиться вместе с председателем комитета министров. Почему не исполнил — загадка. То ли нервов не хватило, то ли Столыпин ему понравился. Предстать перед судом товарищей несостоявшийся тираноборец не осмелился, предпочел расшибиться о землю. А Саша Круглов с покойником дружил, и якобы не просто дружил, а оказывался чуть ли не соучастником. В общем, история была мутная, полицейская.

Вставай, страна огромная,
Вставай на смертный бой!
Съ тевтонской силой темною,
Съ проклятою ордой!
патрiотическая пѣсня, сочиненная учителемъ
рыбинской гимназiи г. А. Боде

Через некоторое время Круглов объявился в Париже. Получил бревет на звание летчика от Французского аэроклуба и стал очень успешным «призовиком», то есть профессиональным авиатором, участвовавшим в призовых перелетах. То возьмет в Ницце 70 000 франков за рекорд дальности, то в Италии 30 000 лир за рекорд высоты. Жил на широкую ногу, купался в славе. Казалось бы, чего еще?

— Как объявили войну, я сразу в наше посольство, — рассказывал он Крылову. — Политическим обещали амнистию. Добирался кружным путем, через Японию. Теперь вот рядовой, вольноопределяющийся. Самолет дашь?

— Любой, на выбор. Хочешь мой «вуазен»? — пообещал полковник, все еще не веря такой удаче. Сам Круглов!

Второго из новеньких Крылов тоже знал, но на шею ему не бросился.

Это был известный опереточный артист Беркут-Лавандовский, несколько лет назад заболевший любовью к небу. Злые языки утверждали, что он желал таким образом поправить свою пошатнувшуюся сценическую популярность. Беркут и правда был позер, любитель аплодисментов, но притом настоящий, полоумный летун. Полковнику случалось видеть его в воздухе. Ничего не скажешь — действительно беркут.

С этим щеголем наверняка будут трудности дисциплинарного порядка, озабоченно подумал он, оглядывая напомаженного красавца. Да еще как пить дать газетчики нагрянут.

Протянул руку, сухо сказал:

— Милости прошу в Особый авиаотряд. Надеюсь, сработаемся.

— Инженер Агбарян, бревет номер 29, — горделиво представился третий, горбоносый брюнет с сияющим пробором. — Я со своим «фарманом», он прибудет на следующей неделе.

Номер бревета был впечатляющий — его владелец наверняка летал с самого первого года русской авиации, то есть уже лет пять. Да и фамилия известная. Одесская фирма «Агбарян» занималась доводкой и ремонтом аэропланов, пользовалась у авиаторов отличной репутацией, а про владельца рассказывали, что как летун он очень неаккуратен, но феноменально удачлив: капотировал и разбивался раз десять, но всякий раз отделывался ушибами и переломами.

— Очень рад. Пока едет ваша машина, не откажите осмотреть моих птичек. Есть кое-какие технические трудности, с которыми мои механики справиться не в состоянии, — попросил Крылов.

Он уже решил, что приспособит инженера заведовать ремонтным цехом, а в небо будет пускать пореже. Специалист такого уровня в отряде — редкостное везение.

* * *

Следующий был немолод и хмур. Солдатская форма сидела на нем, будто сшитая на заказ хорошим портным, а выправка была безошибочно гвардейская.

— Ваше высокоблагородие, летчик-наблюдатель рядовой Ланской прибыл для прохождения службы!

Прямая, как дощечка, ладонь застыла у околыша фуражки.

Ах вот это кто.

Про полковника Ланского несколько месяцев назад говорила вся армия. Офицер Генерального штаба, в начале войны он был приставлен к сербскому принцу Арсению, которого во укрепление духа союзничества назначили командовать русской пехотной дивизией. Августейший командир держался с офицерами высокомерно и даже грубо, что в конце концов закончилось чудовищным инцидентом: в ответ на оскорбление Ланской ударил начальника стеком по лицу. Военный суд приговорил преступника к расстрелу, замененному разжалованием в солдаты. Однако у Ланского нашлись покровители — пристроили невольника чести в летную школу, ибо в авиации легче отличиться и вернуть офицерское звание.

С опальным генштабистом Крылов поздоровался почтительно, как со старшим по возрасту и выслуге.

— Если не возражаете, будем летать вместе. Мне самому как раз нужен летнаб.

— Буду счастлив, ваше высокоблагородие!

— Меня зовут Юлий Самсонович. А вас?

Если ты пошел в летчики, только чтоб вернуть серебряные погоны, после первого же боя подам представление — и счастливого пути, думал Крылов. А коли окажешься молодец, то хороший летнаб всегда кстати.

Последний летун, по счету пятый, выглядел еще оригинальней. Загорелая физиономия с дурацкими бачками и белесыми усишками сияла не по-русски широкой улыбкой.

— Прапорщик запаса Долохов!

Смотрелся прапорщик запаса настоящим огородным пугалом: широкополая шляпа, будто из американской фильмы про ковбоев, желтые сапоги со скошенным каблуком, поверх клетчатой рубахи — безрукавка из овчины.

Волк в овечьей шкуре

— А как вас по имени-отчеству? — спросил командир Особого авиаотряда, бритый бесцветный господин с усталыми глазами и мягкой манерой выговаривать слова. Зепп мысленно сразу окрестил его «Мямля».

— Михаил Юрьевич, — еще шире раздвинул гауптман свою американскую улыбку. — Сам к вам напросился. Как узнал в канцелярии, что в Особый едет пополнение, организовал целую интригу, но своего добился. Служить под началом самого Крылова — давно об этом мечтал.

Про интригу он сказал сущую правду, про мечту наврал. В Особом авиаотряде, как говорил принц датский, имелся магнит попритягательней, чем скучная рожа начальника.

Мямля, однако, на лесть не клюнул.

— Михаил Долохов? Никогда о вас не слышал. Где летали?

Теофельс засмеялся:

— Не поверите, господин полковник. Никто не верит. Я — американец.

— Как так?

— Ну не природный, конечно. Ездил на Аляску, золото искать. Не нашел. Работал в летучем цирке. А когда началась война, решил, что мое место на Родине.

— Похвально. А это кто с вами?

Командир авиаотряда снизу вверх смотрел на долговязого Тимо, который топтался за спиной у хозяина, сторожил багаж.

— Мой механик, Тиимо. Он эстляндец, из Ревеля. По-русски говорит через пень-колоду, но в моторах — бог. Он невоеннообязанный, но я прихватил его с собой. Подумал, пригодится.

— Конечно, пригодится. Раз вы имеете офицерский чин, вам положен денщик. Зачислим его пока на эту скромную должность, а там что-нибудь придумаем.

Полковник (хм, демократ) протянул руку и новоиспеченному денщику. Старина Тимо осторожно пожал ее своей костлявой лапищей, проскрипел:

— Сдравий-шелай, фаш-сковородь.

Запомнил-таки. Всю дорогу практиковались.

— Ну, американец, показывайте, чему вас в цирке научили. Вам привычней на «ньюпоре» или на «фармане»?

— Мне все равно. Хоть на метле верхом, — весело ответил Зепп. — Я же циркач. У вас тут, я смотрю, выбор, как в дорогом ресторане.

Он показал на поле, на котором стояло с дюжину машин различных фирм и моделей.

Летучий цирк

Из всего разномастья аэропланов, имевшихся в отряде, «американец» выбрал трофейный германский «таубе» — машину шуструю и маневренную, силуэтом действительно похожую на голубка*. Взмыл на ней под облака и принялся выписывать такие кренделя да скрипичные ключи, что летчики и обслуга, наблюдавшие за полетом с земли, только диву давались.

«Таубе» уходил в пике, делал полный переворот, три раза подряд исполнил нестеровскую «мертвую» петлю.

Действительно, циркач.

Крылов смотрел и радовался: какой урожайный день. Три первоклассных пилота, один инженер, один летнаб, да еще один механик!

К полковнику подошел штабс-капитан Рутковский, командир воздушного корабля, встал рядом, понаблюдал, как точно и ловко садится новичок. Попросил разрешения закурить, задымил папиросой. Он был молчун, штабс-капитан. Если б не обидная автономность «муромчан», Крылов относился бы к нему с симпатией, а так между начальниками ощущалась некоторая настороженность.

Из кабины приземлившегося самолета легко выпрыгнул Долохов, сменивший дурацкий американский наряд на кожанку и шлем. С ним знакомились отрядные старожилы, принимали как своего — жали руку, хлопали по плечу, обнимали. Все настоящие летуны друг другу, как братья.

---

* Taube (*нем.*) — голубь.

Раскрасневшийся от полета и объятий «американец» подбежал к полковнику.

— Не разочаровал?

— Молодец, что вернулись на родину! Далась вам Америка? Губить талант в такой дыре!

Полковник не сдержался, тоже прижал лихача к груди — но символически, сохранив небольшую субординационную дистанцию.

— Да, наглость есть, — своеобразно похвалил циркача командир «Муромца». — Пилоту без нее никак. — Пыхнув дымом, пожал прапорщику руку. — Штабс-капитан Рутковский. Ну, легких взлетов, гладких посадок.

И пошел в сторону своего загона. Часовой заранее открывал ему калитку в воротах.

— Что это у вас там за острог такой, Юлий Самсонович? — по-свойски спросил новенький. — Гауптвахта, что ли?

— База воздушного корабля «Илья Муромец». Слыхали про такой?

— Еще бы! Вот на чем полетать бы!

Желание Долохова командиру было понятно. Он и сам охотно попробовал бы, какова пятитонная махина в полете, да не положено.

— Бог даст, полетаете. Скоро поступят новые «Муромцы». Если верховный останется доволен показательным полетом. Всё зависит от смотра...

К такому же выводу пришел и Зепп

Вопрос: какие, хотя бы чисто теоретически, существуют способы не дать Илье Муромцу подняться с лавки и распрямиться во весь богатырский рост?

Вроде бы самое простое и логичное решение — хорошая диверсия в петроградском авиационном отделении Русско-Балтийского завода. Технически это вполне осуществимо. Агентов во вражеской столице имеется достаточно, в том числе отличных специалистов по поджогам и взрывному делу. Превратить цех и ангар вместе с подготовленными к сборке десятью аппаратами в груду головешек — дело для профессионала не слишком сложное. Однако что дальше?

Да, на первом этапе большого наступления небо будет оставаться немецким. Но масштабная диверсия против «Муромцев» станет для царя самым убедительным доказательством того, что германцы очень боятся воздушного гиганта. Русские плохо умеют организовать работу в обычных условиях, зато в авральной обстановке эта нация способна мобилизоваться как ни одна другая. На производство тяжелых аэропланов сразу же найдутся любые средства. Выделят сколько надо строителей, инженеров, квалифицированных рабочих. Не успеешь оглянуться, как невесть откуда, из пучины морской, выскочат разом не десять, а тридцать три богатыря. По расчетам Большого Генштаба, фронтовая операция может продлиться около полугода. За это время небо почернеет от «Летающих слонов». Наступление, которое начиналось за здравие, кончится за упокой.

Нет, диверсия — не метод.

Убить конструктора?

Технически опять-таки пара пустяков. Но это надо было делать раньше, на стадии проектирования. Теперь поздно. Эффект снова получится обратный: террористическая акция лишь уверит русское командование, что «Муромец» имеет большое стратегическое значение.

Вообще, чем больше будет шума и грохота вокруг воздушного корабля, тем хуже для дела.

Значит, третье.

Уязвимый кончик хобота у «Летающего слона» — колебания высокого начальства, которое а) консервативно и плохо разбирается в вопросах авиации; б) экономит деньги; в) делится на клики, фракции и группировки, у каждой из коих собственные интересы.

У «Ильи Муромца» наверху есть покровители, но есть и многочисленные влиятельные противники. Вот и нужно помочь этим славным людям одержать победу в их подковерной борьбе.

Первая же рекогносцировка в околоштабные круги определила время и место. Судьба воздушного корабля выяснится на авиационном смотре, который сторонники «Муромца» затевают специально, чтоб произвести впечатление на верховного главнокомандующего. Если сам Никник поддержит проект — все препятствия рухнут как по мановению волшебной палочки. Значит, нужно, чтобы многомоторный аэроплан великому князю не понравился.

У сложной задачи нашлось неожиданно легкое решение. Во всяком случае, таковым оно представлялось Зеппу издалека.

Попасть в Особый авиаотряд при имеющихся связях и навыках, да при общем дефиците пилотов будет нетрудно. А там можно устроить с помощью Тимо, мастера-золотые-руки, какую-нибудь техническую бяку, от которой «слон» во время демонстрации свалится прямо на чугунную башку его высочества. Нет, лучше где-нибудь поблизости, а то, не дай боже, вместо Никника назначат другого главнокомандующего.

Сказано — сделано.

Через шесть дней после того, как капитан фон Теофельс нашел у слона кончик хобота, в Особый авиаотряд прибыл рубаха-парень Миша Долохов со своим долговязым механиком. Осмотрелся, принюхался, наладил теплые отношения с начальством и товарищами.

И шапкозакидательское настроение скисло.

Секретная зона была близехонько, на краю летного поля. Близок локоть, да хрен укусишь.

Первые впечатления были неутешительны.

Объект охранялся всерьез, без обычной российской расхлябанности. Перед ответственным смотром меры безопасности наверняка еще больше усилятся. Проникнуть на территорию — не шутка. Деревянный забор — не Великая китайская стена. Подобраться к машине в ночь перед парадом и что-нибудь там нахимичить сложно, но можно. Однако, как вскоре выяснил Зепп, перед каждым вылетом «Муромец» подвергается тщательной двухчасовой проверке — по всем аварийноопасным узлам. По случаю смотра проверка наверняка будет усиленной. Каким бы мастером ни был чудесный Тимо, механики аэроплана все равно знают уязвимые места своей машины лучше.

Насколько легче работалось в России до начала войны или в самом ее начале! Русские были беспечны, как дети. Во время августовско-сентябрьского наступления штабы армий передавали по радио в корпуса и дивизии приказы открытым текстом... О где ты, утраченная невинность!

Парадокс: именно из-за того, что германская разведка очень хорошо работала, русские так быстро обучились осторожности.

Так что вблизи орешек оказался крепким. Сразу не раскусишь.

В офицерской столовой

Ж изненный опыт Зеппа свидетельствовал, что самое слабое звено в любой системе защиты — человеческий элемент.

Капитан был убежденным гуманистом и очень любил своих братьев и сестер по биологическому виду. За полезность.

Мягкие, теплокровные, доверчивые создания, такие открытые всякому доброму слову и участливому взгляду, были восхитительно непоследовательны и алогичны. Попробуйте-ка вскрыть банковский сейф, не зная комбинации цифр. А человека погладишь там-сям, ущипнешь, пощекочешь, и он сам раскроется. Просто талант нужно иметь. Любить надо человека, вот что.

Поэтому Зепп сразу полюбил всех своих новых друзей, боевых соратников, с которыми, черт побери, вместе на смерть идти, защищать Родину от тевтонского нашествия.

Честно говоря, полюбить летунов полковника Крылова было совсем нетрудно. Это всё были забубенные головушки — молодые, веселые парни, как две капли воды похожие на немецких летчиков.

В Особом авиаотряде, как во всякой воинской части, имелось два отдельных помещения, дабы вкушать хлеб насущный. Только в обычном полку есть столовая для нижних чинов и офицерское собрание, а здесь разделение было по иному принципу: для «соколов», то есть для летного состава, и для «ужей» — то есть наземного персонала. Летуны между собой званиями не мерялись, только мастерством да удачей. В лучшем из деревенских домов, бывшей цукерне «Роскош», расположилась кантина для небесного люда, неважно — со звездочками на погонах или без. «Рожденные ползать» — адъютант отряда, командир зенитчиков, старший механик, военные чиновники — столовались в другом месте.

Но и в летчицкой кантине, как приметил Зепп, тоже соблюдалась своя иерархия. Часть залы, приподнятая на одну ступеньку и огороженная перильцами, пустовала. Там белел ослепительной скатертью какой-то особенно нарядный стол, украшенный вазой с цветами. За остальными столами прислуживали дневаль-

ные солдаты в фартуках, а у этого священнодейст-
вовала пухлая, миловидная кельнерша с кружевной
наколкой на золотистых волосах.

— Для начальства? — спросил Теофельс у соседей.

— Для экипажа «Муромца», — ответили ему. — Эти
аристократы у нас на особом положении.

После этого Зепп принялся разглядывать интригу-
ющий стол с удвоенным вниманием. Как, впрочем, и
остальные новички. Воздушный корабль интересовал
всех, и разговоры сначала тоже были исключительно
о нем.

Кто-то рассказал (правду или небылицу — бог весть),
что на первом «Муромце», еще мирного образца, якобы был спальный отсек и ватер-клозет. Предполага-
лось, что самолет дальнего радиуса будет использо-
ваться для полетов вдоль Северного морского пути.
Совершил же он перед самой войной беспосадочный
перелет Киев — Петербург.

Позавидовали многомоторности богатыря. Главная беда обычных аэропланов — отказ двигателя —
«Муромцу» нипочем. У него аж четыре пропеллера, а
лететь он может и на одном.

Обсудили новые баллистические таблицы, позво-
ляющие кораблю осуществлять бомбометание с неве-
роятной точностью, учитывая высоту, скорость и силу
ветра. А 25 пудов бомбочек в одном сбросе — это вам

не комар чихнул. Все равно что залп из орудий целого артиллерийского дивизиона.

Зепп сидел, наматывал на ус. Правда, вскоре общая беседа рассыпалась на несколько локальных, уже не имевших отношения к «Летающему слону». Гауптман умудрялся участвовать во всех сразу, то и дело поглядывая на аристократический стол — не появились ли «муромчане».

Разговоры были обыкновенные, летунские.

У кого лучше маневренность — у «ньюпора-4» или «фармана 22-бис». Правда ли, что французы начали ставить на аэропланы радиопередатчик, а немцы придумали, как стрелять из пулемета через вращающийся пропеллер. Будут ли в добавку к «столовым» и «квартирным» платить «залетные» по количеству летных часов. Еще обсуждали какого-то Карасева, который раньше был лихой пилот, но после аварии *потерял сердце* и все норовит увильнуть от полетов.

Агбарян с важным видом рассказал, что на Путиловском заводе для летчиков разработан противопулевой доспех из какой-то особенной закаленной стали. Прикрывает главным образом задницу и соседствующие с ней важные места. Изобретение было горячо одобрено всеми обедающими. Кто из летчиков не боится получить пулю в мужскую область при обстреле с земли?

За соседним столом, где сидела публика постарше, слушали бывшего генштабиста Ланского, который за время обучения на курсах летнабов успел стать большим патриотом авиации.

— ...Это, господа, черт знает что, — негромко говорил рядовой, хмуря брови. — Все наши беды объясняются вульгарной нехваткой средств. В других странах военные министерства тоже экономят на самолетах, но там передовая общественность понимает значение авиации и периодически устраивает сбор средств в помощь военному флоту. Я специально интересовался цифрами. Немцы за прошлое лето собрали по подписке семь миллионов. Французы пять. А наши думские демосфены патриотствуют только на словах. Известно ли вам, сколько дал сбор пожертвований для «Муромца», устроенный в Петрограде? Сотрудники Военного министерства расщедрились на 3 рубля 44 копейки. Служащие канцелярии императорского двора отвалили до кучи 59 копеек. О прочей, менее ответственной, публике и говорить нечего... Не собрать денег для такого дела! Ох, Русь-матушка... Поскупилась вооружить богатыря. Кто же тебя защищать будет?

Будто в ответ на сей риторический вопрос в клуб вошли четверо авиаторов, очевидно, явившихся прямо с аэродрома. Поздоровавшись, они направились к возвышению.

Новички с любопытством воззрились на экипаж воздушного корабля.

— Это и есть ваши небожители? — съязвил Агбарян, в его голосе звучала зависть.

— Мы тут все небожители. А также небоумиратели, — строго ответил опекавший пополнение казачий сотник из ветеранов.

Задал вопрос и Зепп:

— С папиросой — штабс-капитан Рутковский, знаю. А кто остальные?

— Молодой — это второй пилот, Митя Шмит. Повезло сопляку, — стал объяснять старожил. — На какой аппарат попал и к какому командиру! Усатый поручик — Георгий Лучко. Тот самый случай, когда не Георгий поражает змия, а змий Георгия — зеленый змий. Зато стрелок фантастической меткости, потому Рутковский его и терпит. Сзади, в гимнастерке, зауряд-прапорщик Степкин, механик. Уникум. Может исправить любую поломку прямо в воздухе.

Фон Теофельс так и вонзился в четверку взглядом. Ничего не упустил, ни малейшей детали. Тут любая мелочь могла пригодиться или, наоборот, помешать.

Отметил и марку папиросы у командира («Дюшес»), и сизый нос стрелка, и томик под мышкой у мальчишки (стихи Александра Блока), и аккуратно подшитый воротничок у механика (стежки явно сделаны заботливой женской рукой). При необходимости зрение гауптмана умело заостряться до невероятности, а уж слух и подавно. Искусством звукоуловительного концентрирования Зепп владел в совершенстве. Хоть до заветного стола было метров десять, не упускал ни одного слова.

Верно и то, что «муромчане» разговаривали между собой громко, оживленно, как и положено летчикам сразу после полета.

— Пенкна Зосенька, ваш Ромео и его верные друзья подыхают от голода! — крикнул сизоносый поручик через всю залу.

— Перестань, сколько можно, — укорил его механик.

Все сели, и неугомонный стрелок тут же прицепился ко второму пилоту, уткнувшемуся в книгу.

— Митька без своего молитвенника никуда. Почитай нам про незнакомку. Как это: «Чего-то там, пройдя меж пьяными, она глушит вино стаканами».

Он засмеялся, остальные улыбнулись — кроме Шмита. Тот буркнул:

— Очень остроумно.

Через столовую с тяжелым подносом, уставленным всякой снедью, плыла давешняя кельнерша.

Черноглазый Агбарян оживился:

— Мадемуазель, я надеюсь, вы к нам?

— Зря стараетесь, — ухмыльнулся сотник. — Сердце красавицы оккупировано, да и рука уже обещана.

Кельнерша грациозно вспорхнула на ступеньку, стала метать, будто со скатерти-самобранки, мясные и рыбные закуски, соленые грибки, пирожки.

— Здравствуйте, пани Зося, — приветствовал ее Рутковский. — Право, вы нас балуете.

Очаровательныя глазки,
очаровали вы меня!
Романсъ И. Кондратьева

Когда у красотки освободились руки, она любовно поправила Степкину завернувшийся манжет, и невзрачный механик просиял счастливой улыбкой.

— Голубок с голубкой, — заметил Лучко, сунув в рот кусок ветчины. — Степкин, когда на свадьбе погуляем?

У того на всё был один ответ:

— Перестань, сколько можно.

Зося, мило закрасневшись, накладывала летчикам на тарелки. Интересно, что ни графина с водкой, ни бутылки с вином на обильном столе не было — только сельтерская да квас.

— Эх, господа, ничего б не пожалел, только бы на «Муромце» полетать, — вздохнул рядом с Зеппом парижанин Круглов, теребя пуговицу своей новенькой гимнастерки.

— И не говори, — с чувством поддержал его Теофельс (они все уже были на «ты»).

В голове у него от сосредоточенности всё вертелось и пощелкивало. Даже странно, что соседи не слышали этого лихорадочного перестука.

Кельнерша шла мимо с пустым подносом, уронила на пол салфетку. Агбарян дернулся поднять, но проворный Зепп его опередил. Галантно подал, нарочно коснувшись полной ручки красавицы. Задержал взгляд на ее лице. Полька порозовела.

— Дзенькую, пан прапорщик. Спасибо.

Он попросил:

— Уроните что-нибудь еще.

Улыбаясь, она покачала головой и удалилась.

— Зря стараешься, Долохов. — Ветеран толкнул Зеппа в бок. — У пани Зоси со Степкиным сурьезный ррроман. Ты опоздал.

— Тогда пойду повешусь.

Под общий смех гауптман вышел из кантины.

Так-так, говорил себе он, так-так.

Если бы кто-нибудь сейчас видел лицо шпиона, поразился бы: оно меняло выражения и гримасы со скоростью быстро прокручиваемой кинопленки.

Искусство перевоплощения

То делалось приторно-восторженным, то мизантропическим, то развязным, то застенчивым. Губы растягивались до ушей и сжимались в куриную гузку, поджимались и рассупонивались; глаза глупели и умнели, по-овечьи добрели и тут же сверкали злой иронией. Фигура и осанка тоже участвовали в маскараде. Гений перевоплощения ссутуливался, выпячивал грудь, расправлял плечи, скашивался набок, ни с того ни с сего начинал прихрамывать или потешно подпрыгивать на ходу.

Теофельс разминался, словно жокей перед скачкой с препятствиями.

Минута-другая, и он привел себя в состояние полной пластилинности, из которой теперь мог вылепить что угодно.

Нельзя сказать, чтобы в Зеппе умирал великий актер. Потому что актер и не думал умирать, а, напротив, был очень востребован и частенько давал огромные сборы. Просто представление обычно устраивалось для весьма узкого круга, и публика не подозревала, что присутствует на бенефисе.

В отличие от профессионального артиста Теофельс не умел изображать ярость или безутешное горе, оставаясь внутренне холодным. Он был адептом сопереживательной школы и на время исполнения роли действительно превращался в другого человека, почти полностью. Будто бы стягивал свое «я» в крошечный тугой узелок, однако для контроля над ситуацией хватало и узелка.

Экипаж «Муромца» прибыл на обед компактной группой. Что и понятно: вместе летали, вместе отправились подкрепиться. Однако все они люди разного темперамента и склада. Это, в частности, проявляется в скорости поглощения пищи. Командир корабля, например, ел четко и организованно. Не лакомился, не излишествовал. Такой субъект утолит голод и встанет из-за стола, попусту рассиживать не будет. Его Зепп ожидал первым.

И не ошибся.

Рутковский спустился с крыльца, надевая пилотку. Остановился зажечь папиросу.

Тут-то Теофельс к нему и подлетел. Его лицо пылало благородным энтузиастическим восторгом.

— Господин штабс-капитан, прошу извинить, что вот так с наскока... Я человек прямой... Позвольте начистоту...

Командир воздушного корабля был явно не из краснобаев, поэтому и Зепп говорил сбивчиво, косноязычно.

— Господин штабс-капитан, вы меня не узнаете? Я Долохов, вы видели меня в небе...

Бука Рутковский смотрел на него без улыбки, выжидательно.

— Помню. Летаете славно.

— Я не летаю... — Зепп задохнулся. — Я в небе живу, вот что... Только в небе! А на земле — так, прозябаю... Не буду летать — сдохну, честное слово!

— Понимаю вас.

Слегка оттаял.

— Я как вас увидел, сразу влюбился. Ни о чем другом думать не могу.

Командир «Муромца» вздрогнул.

Такъ взгляни жъ на меня хоть одинъ только разъ!
Ярче майского дня чудный блескъ твоихъ глазъ!
Муз. С. Герделя, сл. Э. Вальдтейфеля

— Простите, что?!

— В вашего «Илью», — рубил правду-матку энтузиаст. — Какая машина! Господин штабс-капитан, возьмите меня к себе! В экипаж! Я летун, каких мало, поверьте!

— Да как я вас возьму? У меня комплект.

— Я видел, у вас второй пилот зеленый совсем. А если вас ранят? Он же с управлением не справится. А я и из пулемета отлично могу. Позвольте продемонстрировать! И в моторах разбираюсь!

Рутковский улыбался, польщенный таким напором.

— Шмит действительно малоопытен. И это, конечно, замечательно, что вы универсал. Нечасто встречается. Но не могу же я взять и отчислить товарища. Не по-летунски выйдет. Однако я буду иметь вас в виду. Если кто-то из моих, не дай бог, выйдет из строя, милости прошу. Можете считать себя первым кандидатом на замещение. Честь имею.

Он козырнул. Зашагал прочь, прямой, словно аист.

— Так я буду надеяться! — крикнул Теофельс и подмигнул слуге.

Тимо сидел неподалеку на ступеньке, строгал щепку. Солдатская форма его долговязой фигуре бравости не придавала.

— ...Что ж, мы и не надеялись на легкий путь, но спасибо за подсказку, — тихо сказал гауптман по-немецки вслед Рутковскому.

Отошел от крыльца в сторонку — нужно было осуществить некую манипуляцию, не предназначенную для посторонних глаз.

Он вынул из брючного кармана плоскую фляжку с коньяком, из нагрудного выудил завернутую в войлок ампулку. Очень осторожно вскрыл, растворил содержимое в благородном французском напитке. Встряхнул.

Кто там у нас следующий — стрелок или второй пилот? Кто из двоих вытянет у цыганки-судьбы короткую соломинку?

Механик-то наверняка задержится, у него на то имеется веская златокудрая причина.

Подвижное лицо великого артиста попеременно изобразило разухабистость (для забулдыги поручика) и мечтательность (для любителя поэзии).

И застыло где-то посередине. Потому что из кантины вышли оба — и Лучко, и Шмит.

Поговорили о чем-то, вместе пошли по улице. Теофельс уж было расстроился — ан нет, офицеры все-таки расстались.

Молокосос сел на бревна, раскрыл свою книжку. Сизоносый поручик размашисто зашагал дальше.

Секунду поколебавшись, Зепп отправился за ним. Не потому что юнца жальчей, чем пьяницу, — в деле сантименты неуместны. Просто Лучко представлялся более легкой добычей.

Лицо гауптмана определилось с миной — сделалось открытым, бесшабашным.

«Рубаха-парень»

—Сергуня! — заорал фон Теофельс, прибавив ходу. — Сережка, черт, да стой ты!

Стрелок обернулся, уставился на него с удивлением.

— А я гляжу — ты, не ты. Не узнаешь? — хохотал Зепп. — Долохов я, Мишка! Тринадцатый год, перелет через Ла-Манш! Ну, вспомнил?

— Обознались, — развел длинными руками поручик. — Не за того приняли.

Подойдя вплотную и якобы убедившись в ошибке, гауптман шлепнул себя по щеке.

— Пардон, виноват. Думал, Сережка Буксгевден. Усы такие же, походка. Мы с ним из Лондона в Париж летали. Я Долохов, Михаил. Просто Миша.

— Жора Лучко. — Обменялись крепким рукопожатием, с симпатией глядя друг на друга. Выражение лиц у них было совершенно одинаковым, будто отражалось в зеркале. — Вы летали через Ла-Манш, в мае тринадцатого? Буксгевден участвовал, помню по газетам. А вот Долохова что-то...

Зепп, корректируя легенду, махнул рукой:

— Да я, собственно, не взлетел, колесо подломилось.

— М-да, бывает, — посочувствовал стрелок. Его тощая физиономия приняла скорбное выражение, сделавшись еще длинней. — А Буксгевден, приятель ваш, разбился в сентябре. Не слыхали?

— Нет, я еще в Америке был. — Теофельс пригорюнился. — Жалко. Какой был летун! Мало таких...

Помолчали.

— Эх, Сережка, Сережка, — всё переживал гауптман. — Ты его знал? — Он спохватился. — Ничего, что я на «ты»? Не люблю церемоний с товарищами.

— Я тоже. На «ты» так на «ты». А это заместо брудершафта. — Лучко с размаху хлопнул нового приятеля по плечу. — Нет, с Буксгевденом я знаком не был, но все говорят — отличный был летяга.

— Никаких «заместо». Что мы, гимназистки? Я, брат, с пустым бензобаком не летаю. — Зепп хитро подмигнул и, сделав замысловатый жест, показал фокус: в пустой ладони откуда ни возьмись появилась фляжка. — Коньячок, «Мартель». Чебутыкнем за знакомство. И Сережу помянем.

Он уже и место приглядел — два полешка под уютным кустиком.

— Вон и ресторация.

Поручик с тоской смотрел на флягу, в которой аппетитно побулькивало.

— Не могу. Слово дал командиру, летунское. До смотра — ни капли.

— Это правильно. Но мы же не пьяницы. По одной крышечке, символически. За всех наших, кто летал да отлетался.

Было видно, что поручику ужасно хочется выпить. Но он затряс головой и попятился.

— Ну тебя к черту, не искушай. После смотра — хоть ведро. А сейчас не могу. Слово есть слово.

В самом деле, перекрестил Зеппа, словно беса-искусителя, и чуть не бегом ретировался.

Похвально, вынужден был признать фон Теофельс. Можно сказать, наглядный пример пользы воздержания — хоть вставляй в спасительную книжицу Общества трезвости.

Если б поручик нарушил «летунское слово» и отпил хотя бы капельку из соблазнительной фляги, часа через два у него начался бы неостановимый понос, рвота, потом лихорадка. В ампулке содержался концентрированный раствор дизентерийных бактерий.

У этой болезни прелестно короткий инкубационный период и очевидные симптомы. Выбытие из строя гарантировано. Если человек и умирает (а при такой лошадиной дозе этим скорее всего и закончилось бы), никаких подозрений не возникает. Дизентерия да тиф — всегдашние спутники фронтовой жизни.

Поручику Лучко повезло, гауптману фон Теофельсу — увы. Но пьеса была еще не окончена. Предстояло третье действие.

Когда я пьянъ, а пьянъ всегда я,
Ничто меня не устрашитъ.
застольная пѣсня

Действие третье. «Лирик»

Когда Зепп повернул назад в сторону клуба, его лицо опять изменилось. Лихо разлетевшиеся брови сошлись мечтательным домиком, глаза томно сузились и залучились, походка из разболтанной стала вялой, полусонной. Сразу было видно, что по деревенской улице идет человек с тонко чувствующей душой, враг всякой пошлости. К примеру, повстречав на пути кучу свежего навоза, этот романтик страдальчески вздохнул и отвел глаза. Грубая физиологичность мира была ему отвратительна.

Проходя мимо груды сваленных бревен, где тонкий белолицый юноша в кожаной тужурке, шевеля губами, читал книгу, Теофельс остановился. Радостная недоверчивость осветила его печальные черты.

Деликатно ступая неширокими шагами, чтобы не шуметь, он приблизился к читателю и нараспев полупродекламировал-полупропел:

> Как бледен месяц в синеве,
> Как золотится тонкий волос...
> Как там качается в листве
> Забытый, блеклый, мертвый колос...

Второй пилот «Муромца» вздрогнул, поднял глаза.

— Любите Блока? — воскликнул он.

— Больше, чем Пушкина! Стихи Александра Блока — это голос божества! — пылко ответил незнакомец и, прикрыв рукою брови, завыл врастяжку:

> Вхожу я в темные храмы,
> Свершаю бедный обряд.
> Там жду я Прекрасной Дамы
> В мерцании красных лампад.

Шмит вскочил:

— Вы... вы кто? Садитесь. Ужасно рад познакомиться! А то, знаете, не с кем толком словом перемолвиться... Нет, все очень хорошие и замечательные товарищи, я ничего такого... Но, понимаете, иногда хочется...

Уверив молодого человека, что отлично его понимает и сам испытывает точно такие же чувства, Зепп представился:

— Долохов Миша, в прошлом филолог. Когда-то сам стихи писал. Только плохие. Настоящая поэзия не на земле, а там. — Он показал на небесную синеву. — Когда я лечу на аэроплане, чувствую себя настоящим поэтом.

— Как вы хорошо это сказали! Митя. Дмитрий Шмит. Из Московского университета.

Знакомство началось так славно, что Теофельс решил не разводить лишней канители. Сразу достал свою флягу, поболтал ею.

Своей дорогой голубою
проходишь медленнѣе ты,
и отдыхаютъ надъ тобою
двѣ неподвижныя звѣзды.
муз. Н. Мясковскаго, сл. А. Блока

— Ах, дорогой вы мой! Подарок судьбы, что я вас встретил. Будет с кем душу отвести. Давайте за знакомство. Это «Мартель», из самого Парижа. — Поставил флягу на бревно, а налитую до краев крышечку протянул юноше. — «Я послал тебе черную розу в бокале золотого, как небо, аи». Пейте первый. Потом я.

Этот сопротивляться и не подумал.

— С удовольствием... Только давайте сядем.

Они сели по обе стороны от фляги. Шмит, охваченный радостным волнением, все не мог успокоиться. Поставил крышечку, взмахнул рукой.

— Сейчас. Только, если позволите, я сначала по случаю знакомства прочту мое самое любимое. Про нас, авиаторов.

> Летун отпущен на свободу.
> Качнув две лопасти свои,
> Как чудище морское в воду,
> Скользнул в воздушные струи...
>
> Его винты поют, как струны...
> Смотри: недрогнувший пилот
> К слепому солнцу над трибуной
> Стремит свой винтовой полет...
>
> Уж в вышине недостижимой
> Сияет двигателя медь...
> Там, еле слышный и незримый,
> Пропеллер продолжает петь...

Слишком широкий взмах руки — и фляжка вместе с крышечкой полетели на землю.

— Ой! Ради бога извините... — Мальчик ужасно сконфузился.

Подхватил флягу, но она была пуста. Коричневая отрава растекалась по траве. Окрестным муравьям и букашкам была гарантирована тотальная эпидемия дизентерии.

— Простите, простите, — убивался Шмит. — Вечно я всё испорчу! Ой, знаете что, Михаил? — Он всплеснул руками. — У меня в комнате есть бутылка настоящего бордо, берег для какого-нибудь особенного случая. Я сбегаю, принесу!

— В другой раз, — проскрипел фон Теофельс голосом, мертвенности которого позавидовал бы самый отчаянный декадент. — Мне пора.

Гнусный мальчишка хватал его за руку, заглядывал в глаза.

— Вы обиделись, да? Обиделись? Мне ужасно неловко! Обещайте, что мы с вами обязательно выпьем мой бордо!

— Обещаю...

А вот это уже было капитальное невезение.

Едва отвязавшись от Шмита, гауптман мрачно брел назад к кантине, где еще оставался механик Степкин. Однако травить его теперь было нечем.

По лицу фон Теофельса (не приклеенному, а своему собственному) ходили злые желваки.

Казалось, что «Илья Муромец» со всех сторон окружен заколдованным лесом, через который ни пройти, ни проехать.

Но сдаваться гауптман не привык...

Вернулся Зепп вовремя — на крыльцо как раз вышел зауряд-прапорщик Степкин и, будто в нерешительности, остановился.

Ногу ему, что ли, сломать, размышлял Теофельс, приглядываясь к механику. Или шею свернуть? Вот ведь странно: чем грубее задача, тем сложнее ее осуществить технически. Одновременно с работой мозга у гауптмана трудилось и лицо, поочередно принимая то унылое, то простоватое, то умильное выражение.

Однако везение сегодня окончательно отвернулось от бедного шпиона. Оказалось, что Степкин торчал на крыльце не просто так. Минут через пять к нему вышла кельнерша Зося, уже не в фартучке и наколке, а в клетчатой накидке и шляпе с целлулоидными фруктами (в столицах такие носили позапрошлым летом). Милашка взяла механика под руку, через деревню Панска-Гура они пошли вместе.

Шепотом обругав злую судьбу, Зепп подозвал Тимо.

— С членами экипажа ни черта не выходит. Попробуй подобраться к объекту через пролетариев. Ну, не мне тебя учить.

Хотя во имя экономии времени сказано это было по-немецки, Тимо все равно не понял. Образование у него было всего четыре класса, и трудные слова ему давались плохо.

Наморщив плоский лоб, верный оруженосец переспросил:

— Через кого?

— Через нижних чинов. Через солдатню, — терпеливо пояснил Зепп. — Ты что, слово «пролетарий» не знаешь?

— Знаю. На красных флагах часто пишут. «Пролетарии, объединяйтесь». Никогда не задумывался, кто это.

— Уйди, а? — попросил Теофельс. — Без тебя тошно.

Сам не зная зачем, потащился вслед за чинной парой. Не ломать же было кости Степкину в присутствии свидетельницы?

С другой стороны, может, он ее проводит до дому и останется один?

Но зауряд-прапорщик был не настолько глуп. Довел даму до аккуратного домика с белеными стенами и нарядным крылечком, над которым навис кокетливый козырек, поднялся и уверенно вошел внутрь.

Очевидно, отношения влюбленных уже миновали порог светских условностей, мысленно сыронизировал Зепп.

Чтобы проверить, как далеко преодолен порог, он подобрался к самому окошку, прикрытому лишь тюлевой занавесочкой. Створка по теплой погоде была приоткрыта, так что имелась возможность не только подсматривать, но и подслушивать.

Панскогурские Ромео и Джульетта стояли в чистенькой комнате, которая, судя по мебели, служила одновременно гостиной и столовой. Разглядывать убранство Зеппу было некогда и незачем, он лишь приметил литографию с польским героем Костюшко и сверкающий посудой буфет-«горку».

Степкин был неизящно скрючен — он деловито и жадно чмокал свою невесту в полоску кожи между манжетом платья и нитяной перчаткой. Зося смотрела на его затылок со снисходительной улыбкой.

— Обожаю... Обожаю... Королева моя... — шептал механик.

Расстегнул на ее рукаве пуговки, стал целовать предплечье.

— Не сегодня. Я так утомлена.

Гауптман печально приподнял брови: эта фраза свидетельствовала о том, что пани Зося не сумела сберечь себя до свадьбы. Хотя в ее возрасте беречь, вероятно, давно уже нечего.

— А я умру! — жалобно пригрозил заурядпрапорщик. — Сердце лопнет...

Угроза подействовала. Зепп давно знал: женщин сильней всего впечатляют именно нелепости.

— Ну хорошо, хорошо... Но только на минутку и ничего *такого*.

— Только поцеловать! Только поцеловать! — засуетился Степкин и с хитрым видом кивнул на дверь в соседнюю комнату. — Вон там, ладно?

Потянул за собой не всерьез упирающуюся красотку.

Зепп оглянулся, убедился, что штакетник надежно укрывает его со стороны улицы, и тоже переместился — к следующему окну. Здесь подглядывать немножко мешал горшок с геранью, но все равно было видно.

Разумеется, соседняя комната оказалась спальней. С грудой подушек и подушечек на пышной кровати, украшенной металлическими шарами. С вышитыми половичками. С обрамленной бумажными розочками картинкой: Дева Мария и Младенец.

— Сумасшедший, ты сумасшедший. — Хозяйка дала сопящему ухажеру усадить ее на кровать. — Что с тобой поделаешь? — Она очаровательно картавила на букве «л». — Ладно. Подожди...

Чаровница скользнула за матерчатую ширму с изображением Фудзиямы и зашелестела одеждой. Заурядпрапорщик тоже стал разоблачаться. Под гимнастеркой на груди у него висела большая ладанка на суконном шнурке. Механик снял ее и, прошлепав к двери, повесил на гвоздик, вколоченный в косяк. Было ясно, что этот загадочный ритуал он исполняет не впервые.

Из-за ширмы тем временем выплыла роскошная пани Зося, в невесомом розовом неглиже напоминающая кремовый торт, и села на ложе. Вынимая из пышных волос заколки, спросила:

— Что у тебя в этом мешочке? Почему ты всегда его снимаешь?

— Скляночка со священным елеем. С Гроба Господня. В самом Иерусалиме купил. — Степкин благоговейно приложился к ладанке губами. — Она всегда со мной. Сколько раз жизнь спасала.

Пани Зося попросила:

— Покажи.

Он достал стеклянный пузырек, наполненный желтоватой жидкостью, и тут же спрятал обратно.

— Вообще-то я ее никогда не достаю. Грех.

— Правильно, — одобрила кельнерша и благочестиво перекрестилась слева направо. — Я тоже прикрою Матку Бозку.

Задернула перед образом шторки, и вся жеманность сразу словно испарилась.

Знаеть только рожь высокая,
Какъ поладили они...
муз. неизвѣстнаго автора, сл. Н. Некрасова

— Только быстро, — деловито сказала Зося. — Раз-два. В четыре придет портниха подшивать свадебное платье.

Механика подгонять было не нужно. Он ринулся на кровать, будто на штурм Берлина (это капитан фон Теофельс так подумал).

— Милая... Милая... О, о... Да... Любимая... — доносилось с ложа страсти.

Зепп наблюдал за соитием хоть и внимательно, но безо всякого чувственного волнения. В голове разведчика бродили философские мысли.

Как, в сущности, глупо и некрасиво выглядит высший миг человеческого бытия. Будто переплелись толстые розовые черви и всё чего-то шевелятся, дергаются — никак не могут удобно устроиться. Однако именно ради этой судорожной возни мы и рождаемся на свет: чтоб потереться друг о друга и произвести на свет потомство. Добро б еще, это доставляло всем участникам удовольствие, а то самка вон позевывает и поверх плеча своего самца смотрит на часики.

Гауптман и сам не понимал, чего ради подсматривает. Только время теряет. Но уходить не уходил, не мог найти своему поведению рационального объяснения и оттого все больше злился.

Наконец совсем на себя рассердился. Оторвался от окна, перескочил через ограду и побрел на квартиру, понурый и несчастный, уже не думая о горе-любовнике и его дебелой невесте.

До смотра остается два дня, а ничего еще не сделано.

Вся надежда на Тимо.

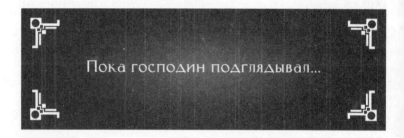

Пока господин подглядывал...

Пока господин бессовестно подглядывал за влюбленными, слуга занимался делом гораздо более почтенным — размышлял.

Тимо, прежде чем приступить к делу, всегда долго-долго думал. Чем дольше мозгуешь, тем меньше работаешь. Так говаривал покойник отец, старый Тимо Грубер (старших сыновей у них в роду всегда называли этим именем).

Папаша был кладезем всяческих мудростей. Из его высказываний Тимо крепче всего усвоил вот какое.

У евреев, древнего и умного народа, считается, что жене после смерти достается половина святости, заработанной мужем. Поэтому если женщина заботится о своей душе, то должна печься не о мелком бабьем интересе, а во всем помогать супругу.

Такова и главная заповедь настоящего слуги. Это самая важная и благородная профессия на свете. Служи честно, с полной отдачей, не отлынивай и не трусь. Смотри на служение как на долг, призвание и спасение. А уж Бог тебе за это воздаст той же мерой, что твоему господину.

Старик умел говорить — заслушаешься. Не то что Тимо-младший, которому цеплять слово к слову было трудней, чем совать нитку в иголку.

Груберы верой и правдой служили фон Теофельсам с незапамятных времен и о другом жизненном назначении никогда не мечтали. Кто-то из них получил половинку места в раю, кто-то — в аду, это уж как кому повезло с господином. Груберы о том не задумывались, не ихнего это было ума дело. Не один из них отдал за хозяина жизнь. Случалось и обратное. Например, прадед Зеппа во время беспорядочного отступления под Прейсиш-Эйлау не бросил своего раненого слугу, и обоих иссекли саблями гусары маршала Мюрата.

Владельцы замка Теофельс служили королям и императорам, преследовали высокие или низменные, но так или иначе *масштабные* цели. Груберы служили фон Теофельсам, не заносясь и не мудрствуя. Потому что в мире у всякого свое место и своя ответственность, а нарушать установленную Богом иерархию — лишь создавать хаос.

Собственная семья, и то считалась делом менее важным. У Тимо была жена, которую он редко видел и о которой редко думал. Был сын, о котором он думал часто. Но с мальчиком все шло хорошо и правильно. Он состоял при отпрыске капитана фон Теофельса, как когда-то и Тимо состоял при маленьком Зеппе.

Жизнь Грубера была ясной и прямой, хотя и не скажешь, что легкой. Больше всего расстройства доставлял русский язык. Дела службы почти все время держали хозяина в России, и словесная бездарность помощника доставляла герру капитану множество неудобств, а иногда и подвергала его опасности. Но Зепп не отказывался от услуг Тимо, не отправлял его домой. За это Грубер отплачивал единственно доступным способом — ревностной службой.

Именно из-за чрезмерной старательности он и провел в размышлениях столько времени — целый час. Хотя вообще-то почти сразу сообразил, как нужно взяться за дело. Ум у Тимо был цепкий и ухватистый, как челюсти ризеншнауцера.

Это ведь только начальники воображают, будто все зависит от них. На самом деле успех или неуспех любого великого начинания определяют маленькие люди, исполнители. Как говорил папаша, архитектор рисует, а строить каменщику. Еще папаша всегда повторял: чем проще, тем оно надежней.

Честно посвятив обмозговыванию ровно 60 минут и не додумавшись ни до чего более толкового, чем первоначальная идея, Грубер зашел в лавку, купил того-се-

го и отправился к рощице, близ которой был выстроен
загон для большого самолета.

Сел на травке, в виду ворот, нарезал на газете круг
колбасы, положил редиску и зеленый лук, расставил
полдюжины пива и стал не спеша, со смаком выпи-
вать-закусывать.

Мысль была: присмотреться, кто из секретной зоны выходит, кто туда входит.

Ходил-выходил только один человек, всё тот же —
бравый унтер-офицер с красной рожей. То бумаги в
деревню понесет, то со свертком вернется.

Тимо успел покушать, подремать на солнышке, снова
сел закусить (пива и снеди у него было запасено много).

Всякий раз, проходя мимо, унтер смотрел на него
с завистью. Даже сглатывал. Знать, и ему хотелось пив-
ка. Но Грубер до поры до времени человека не иску-
шал. Служба есть служба. Зато когда, уже к вечеру,
унтер вышел из ворот просто так, с трубочкой, и прошелся вдоль рощицы прогулочным шагом, Тимо вежливо пригласил:

— Гаспадин унтер-официр, пиво-зосиска?

По кожаной фуражке было понятно, что Тимо хоть
и рядовой, но не простой, а из технического состава.
Унтер-офицеру с таким сесть незазорно.

Краснолицый охотно согласился.

Познакомились. Выпили по паре.

Тимо достал пузырек с авиационным спиртом, раз-
делил поровну, долил пивом. Это был русский нацио-
нальный напиток, назывался «йорш», Kaulbarsch. От-

Выпилъ рюмку, выпилъ двѣ,
Зашумело въ головѣ.
питерскіе куплеты

рава страшной опьяняющей силы. Правда, сам Грубер никогда не пьянел, это у него было наследственное.

Он выпил колючий Kaulbarsch до дна, мерно двигая кадыком. Сплюнул. Вытер губы. Закусил редиской.

Унтер-офицер Земен Земеныч со звучной фамилией Зыч наблюдал за этими манипуляциями с уважением.

Двумя часами позднее

У ж и стемнело, а новые друзья все не могли расстаться. Они стояли у высокого забора и препирались. Семен Семеныч уговаривал приятеля продолжить приятную встречу и очень обижался, что тот не соглашается, хотя Тимо сразу согласился. Но унтер пребывал в той стадии опьянения, когда любишь всех вокруг и обижаешься, не чувствуя должной взаимности.

— У нас в Расее как? — говорил Сыч, держа перед носом палец, чтобы собеседник не перечил, а слушал. — Меня угостили, и я угощу, если вижу, что хороший человек. Вот ты, Тимоха, к примеру, хоть и чухна, а человек хороший. Так? — Грубер кивнул. — И я человек хороший. Или ты со мной не согласен? — Тимо снова кивнул, и унтер завершил свое логическое построение: — А как коли ты хороший человек и я хороший человек, то почему двум хорошим людям не выпить вторую бутылку?

Он показал на одной руке два пальца и на другой два пальца — получилось и убедительно, и наглядно.

— Надо фыпить, да.

— Вот. А ты спорил.

— Я не спориль. Я говориль, штоп фыпить, надо сабор ходить, а сабор нельзя — часовой.

— Дурак ты, Тимоха, хоть и хороший человек.

Семен Семеныч хитро подмигнул, палец прижал к губам и показал приятелю вот какую штуку: нагнулся, вынул гвоздь из одной, только ему известной доски, отодвинул ее.

— Милости прошу до нашего шалашу! Начальство умное, а мы умнее. Завсегда можем свою свободу иметь. Но только тс-с-с. Нижним чинам про мой сукретный лаз знать не положено.

Они продрались через занозистую щель на территорию. Под забором было темно, но по углам зоны и в центре горели яркие прожекторы. Между бараком и ангаром виднелась черная зачехленная громада «Летающего слона». По ней, серея, проползла неторопливая маленькая тень — дозорный.

— Давай за мной, — шепнул Сыч. — Только молчок, а то болтаешь много.

Преувеличенно крадущейся походкой он двинулся вдоль стены барака и через несколько шагов споткнулся о водосток.

— Стой, кто идет?

От самолета, наставив карабин, приближался часовой.

— Я это, я. — Семен Семеныч распрямил плечи. — Подышать вышел. Служи, солдат, служи. Гляди, ик, в оба.

Иканию и легкому покачиванию начальника постовой не удивился — очевидно, дело было обычное.

— Господин унтер-офицер, скоро смена? Дежурный, гад, пользуется, что у меня часов нету.

— Ты не рассуждай. На пост вон ступай.

После того как часовой отошел, Сыч поманил собутыльника: можно.

Дело шло на лад

Семен Семеныч квартировал в бараке для нижних чинов, однако не с солдатами, в общей казарме, а в отдельном закутке. Там стояла настоящая пружинная кровать, на стене висел парадный мундир с шашкой, для красоты имелись открытки и лубочная картина «Как немец от казака драпал».

В углу поблескивал медными гвоздиками большой сундук, в котором Сыч хранил всё свое имущество. Он порылся там, извлек замотанную бутыль.

— У них сухой закон, а у нас первачок на шишечках. Заневестилась, родимая. И колбаска есть, а как же. И хлебушек. Всё полной чашей.

Он локтем смахнул с дощатого стола какие-то бумаги, разложил угощение.

В роли хозяина Семен Семеныч держался церемонно:

— Первая за дорогого гостя. — Приятели поклонились друг другу. Чокнулись. — Тимофей Иванычу.

— Земен Земенычу.

Выпили. Пожевали. Унтер посветлел ликом, расстегнул ворот.

— Первачок — чистый родничок... Так ты, говоришь, плотник?

Тимо кивнул.

— И жалаешь при мне служить?

— Да.

— Ну и служи, раз так. Ты ко мне с дорогой душой, и я к тебе. Утром поговорю с командиром, с Рутковским. Скажу: так, мол, и так. Плотник, мол, нужон, я вашему благородию сколько разов докладывал. Он, Рутковский, меня во всем слушает. Без меня — ничего. Вобще. А хороший плотник — он завсегда. Правильно?

— Да.

Снова выпили. Семен Семеныч начал вступать в стадию оживления, ему хотелось праздника.

— А чего ты смурной?

Тимо подумал-подумал, но что такое «смурной», не вспомнил и на всякий случай сказал:

— Так.

— Врешь, Тимоха. Военному человеку нос вешать нельзя. Ты сам откуда? Говорил, с Ревеля?

— Да, с Ревель.

— Немец или чухна?

— Я не есть немец. Я есть чухна.

— Ишь, оби-иделся! — засмеялся Сыч. — Это хорошо, что не из немцев. У нас ихнего брата к «Муромцу» служить не подпущают. Такая от начальства струкция. Подпоручик Шмит, правда, имеется, но он русский. А ежели ты чухна, будет тебе от меня сурприз. Знаешь, что такое сурприз?

— Нет.

— Узна-аешь... Посиди-ка вот...

Посмеиваясь, унтер вышел из комнатки.

В казарме на двухъярусных нарах спали солдаты из команды обслуживания. Сыч подошел к одному, толкнул в плечо.

— Чуха, подъем! Давай за мной!

На веснушчатом, мятом спросонья лице мигали светло-голубые глаза.

— Сачем?

— Приказ получил? Сполняй, — строго сказал Семен Семеныч, но не сдержался, подмигнул.

В каморку они вернулись вдвоем.

— Вот, Тимофей, тебе мой сурприз. Земеля твой. Тоже чухонец и тоже с Ревеля.

Тимо молчал.

Зато разбуженный эстонец оживился.

— Kas sa oled tõesti Tallinnast? Suurepärane! — обрадованно воскликнул он. — Nüüd ma saan kellegagi inimeste keeles rääkida!*

Грубер медленно поднялся из-за стола. Его костлявое лицо было неподвижно.

Что-то случилось...

диной побудки в Особом авиаотряде заведено не было. «Особость» заключалась еще и в том, что личный состав жил не по распорядку, а по погоде. Если она была нелетной, часть, можно сказать, вовсе не просыпалась. Летуны кто дрых до обеда, кто уезжал развеяться в соседний город Радом, кто просто хандрил. Механики и техники лениво возились с машинами. Для нижних чинов из охраны, чтоб не заду-

---

* Ты правда из Таллина? Вот здорово. Хоть будет с кем поговорить по-человечески! (*эстон.*)

рили от безделья, адъютант устраивал строевые учения.

Если же небо было чистым, будить людей необходимости не возникало. Аэропланы начинали готовить к работе еще затемно, потому что с первым же светом на поле собирались нетерпеливые летчики, похожие на алкоголиков, которым невтерпеж опохмелиться. Они, в общем-то, и были пьяницами, эти люди, обпившиеся небом и уже не способные без него жить.

Нынешний день по всем приметам обещался быть летным, и уже на рассвете все были на ногах. Однако вели себя странно. Вместо того чтобы заправлять и разогревать аппараты или наскоро допивать чай, летуны и обслуга столпились у закрытых ворот секретной зоны, где вместо одного часового сегодня стояли двое, причем с примкнутыми штыками.

Охрана не отвечала на вопросы, даже заданные офицерами. Очевидно, получила соответствующий приказ. Из экипажа «Муромца» наружу никто не показывался. Кто-то видел, как еще в темноте по направлению к воротам быстро прошли полковник Крылов и штабс-капитан Рутковский.

Там, за оградой, случилось нечто из ряда вон выходящее. Но что именно, никто не знал. Среди собравшихся ходили разные слухи. Звучало слово «карантин» — якобы у команды воздушного корабля обнаружена то ли холера, то ли брюшной тиф. Поминали и другое страшное слово — «диверсия».

Эта гипотеза стала преобладающей и даже единственной, когда через взлетное поле промчался закрытый автомобиль, из которого вышли жандармский офицер и военный следователь.

— Дорогу, господа, дорогу, — прошелестело в толпе.

Казенные люди, с одинаково суровым выражением лиц, прошествовали к воротам, которые приоткрылись им навстречу. При этом у тех, кто стоял ближе всего, появилась возможность на несколько секунд подглядеть внутрь.

Стало видно, что там, возле казармы, тоже стоит толпа. Не такая большая, как за воротами, а человек из сорока, то есть вся команда «Муромца». Створки снова сомкнулись, и разглядеть что-либо еще не удалось.

Представители законности прошли к бараку и были впущены часовым.

— Где? — коротко спросил у него следователь, но сам увидел начальника Особого авиаотряда и командира воздушного корабля, стоявших перед маленькой некрашеной дверью.

Прибывшие откозыряли.

— Вот, извольте, — кисло молвил полковник Крылов, кивая на дверь. — Не будем вам мешать. Распоряжайтесь.

Они с Рутковским отошли в сторону, словно сдав свой пост новому караулу.

Жандарм и следователь вошли в крошечную каморку. Первый снял белые перчатки, надел резиновые. Второй поморщился, втягивая носом запах самогона и крови.

— Тэк-с...

На полу, раскинувшись, лежал солдат в нижнем белье. На его белом веснушчатом лице замерло выражение то ли ярости, то ли просто боли. Весь перед рубашки у покойника был темен от крови.

Второй труп, с лычками старшего унтер-офицера, сидел на полу, прислонившись к стене. В руке зажат окровавленный нож. Рукоятка второго ножа торчала у трупа из груди.

— Ну что, Архип Леонтьич, — произнес жандарм, присаживаясь на корточки, — картина ясная... Этот этого пырнул, а этот этому ответил тем же...

Тем временем в коридоре между двумя командирами продолжался разговор, прерванный приездом дознавателей.

Изъясняться шепотом полковник не умел, и поэтому казалось, что он шипит от злости, хотя Крылов и очень старался не выходить из рамок корректности.

— Уж от кого, от кого, но от вас... Вы знаете, я никогда не совался в вопросы вашего внутреннего режима. Я полагал вас за ответственного человека... Пьяная поножовщина! И где! В моем отряде! Вот что я вам скажу, дорогой мой. Инструкция не инструкция,

Знать судилъ мнѣ Богъ съ могилой
Обвѣнчаться молодцу...
муз. А. Варламова, сл. С. Стромилова

начальство не начальство — мне все равно. Отныне вы и все ваши подчиненные беспрекословно выполняете мои, и только мои, приказы! Я не намерен вмешиваться в боевые и инженерные дела, но во всем, что касается дисциплины... И никаких возражений!

Рутковский и не думал возражать. Он стоял с совершенно убитым видом, готовый безропотно перенести любые кары.

— Господин полковник, я кругом виноват... Я ведь пилот, никогда прежде никем, кроме самого себя, не командовал... Мог ли я вообразить? Старший унтер-офицер Сыч действительно имел склонность к горячительным напиткам... Но ведь у нас как? Если толковый человек, то непременно пьяница...

Покаянные речи штабс-капитана смягчили Крылова.

— Федор Сергеевич, голубчик, — перешел он с официального тона на укоризненный. — Вам такое большущее дело доверено! Ведь завтра смотр, на котором решится судьба «Муромца»... Я со своей стороны, конечно, сделаю, что могу. Отправлю рапорт кружным путем, через штаб корпуса. Пока он пройдет по всем инстанциям, смотр уже минует. Но ведь не в том дело! Порядка у вас настоящего нет, вот что. Хотите обижайтесь, хотите нет, но отныне извольте считать всю вашу команду как бы под домашним арестом. За пределы территории без моего дозволения ни шагу. Касается всех, в том числе господ офицеров и лично вас. Сегодня совершите тренировочный полет в моем присутствии, и милости прошу обратно под замок. Готовьте машину и команду к смотру.

— Слушаюсь, господин полковник...

Не менее виноватый вид, чем у проштрафившегося штабс-капитана, был у Тимо Грубера, который стоял вместе со своим господином за воротами секретной зоны. Во всей толпе только они двое знали, что стряслось минувшей ночью.

— Это мой злой зудьба, — тихо бубнил слуга из-за плеча Зеппа. — Я есть не везущий человек. Зовсем не везущий... Кто мог думать? Ви сами говориль: будешь эсте из Ревель — больше ты ни на что не годный.

— Заткнись, убийца. Тебя надо повесить, — сурово сказал фон Теофельс.

Расположение звезд не благоприятствовало заданию, это было очевидно. Идиотские случайности и нелепые совпадения словно сговорились погубить дело.

Понятно, что теперь зону до самого смотра закупорят, как консервную банку. Никто не войдет, никто не выйдет. Солдаты и офицеры будут ходить по струнке, от каждой тени шарахаться.

Всякий другой на месте гауптмана уже отступился бы и признал свое поражение, но Зепп принадлежал к породе упрямцев, которых трудности лишь еще больше раззадоривают.

— Хватит ныть, — оборвал он унылые жалобы Грубера. — Пойди лучше проверь, в порядке ли чемоданчик. И дай мне денег. Все, какие есть. Я еду в Радом.

Казначеем в их паре состоял Тимо — фон Теофельс по части расходов был не по-немецки безалаберен, а финансовая отчетность приводила его в ужас.

— Все не дам. Сколько нушно — столько дам. Что ви шелаете покупать?

— Крючок, — задумчиво ответил Зепп.

— Что есть «крючок»?

— Angelhaken.

— Ловить рыба? Крючок стоит дешево. Сначит, я фам пуду давать мало денег.

— Все, какие у тебя есть. Крючок золотой.

— Сачем солотой?

Терпение Теофельса кончилось.

— Потому что рыбка золотая. Марш за деньгами, уголовник!

Ловля золотой рыбки

У Зоси Пирсяк жизнь шла черт-те как, с ухаба на кочку. Потому что женщина она была впечатлительная и увлекающаяся, жила не умом, а сердцем. То есть пыталась жить умом, много раз, и иногда даже начинало получаться. Но потом случится что-нибудь, от чего потемнеет в глазах, заноет в груди — и все разумные планы летят в тартарары. Вот и вошла Зося в *определенный возраст*, не обзаведясь ни достатком, ни положением, ни жизненной опорой. И тут уж, хочешь не хочешь, пришлось браться за ум. После тридцати сердце перестает быть другом и становится злейшим врагом.

На помощь пришла сама судьба. Когда началась война, Зося проревела целую неделю. Думала, всё. Мужчины уйдут сражаться с немцами, а это надолго, потому что немцы — народ цепкий, легко не отступятся.

Сначала так и получилось. Все уехали, в том числе оба Зосиных ухажера, кондитер пан Дымба и телеграфист Баранчук. В селе остались только женщины и такие мужчины, о которых имеет смысл задумываться, когда тебе перевалит не за тридцать, а за сорок.

Но довольно скоро вместо убывших кавалеров понаехали новые, ужасно много, и в том числе очень-очень интересные. Зося сразу себе сказала: держись, девочка. Это твой последний шанс. Сердце замотай в тряпочку. Хватит, понаделала глупостей. Обе свои «глупости», десятилетнюю Малгоржатку и пятилетнего Стасика, переправила к матери в Радом, а сама занялась устройством личной судьбы.

И повезло Зосе. Полюбил ее хороший человек. Не герой-любовник (чего нет, того нет), но зато надежный, честный, без пяти минут пан офицер. И при настоящей профессии. Сделал предложение руки и сердца. Про детей она ему пока не говорила. Можно бы, конечно, за деньги добыть бумажку, что пани Пирсяк честная вдова и потомство у нее законное, но строить семью на обмане Зосе не хотелось. К тому же она достаточно изучила своего Степкина и имела основания надеяться, что из-за малюток он на нее зла держать не станет. Он правда хороший был, Степкин.

Все последние дни Зося ходила почти счастливая. Почему «почти»? Чуть-чуть саднило завернутое в тряпочку сердце, но так ему, вражине, и надо.

Вечером случалось под настроение и поплакать — о несбывшемся да о девичьих мечтах. Но утром Зося всегда просыпалась радостная. Откроет глаза, вспоминает: что это такое хорошее в жизни происходит? Ах да, скоро свадьба! И делается радостно.

В субботу, накануне большого военного смотра, на который съедется разное высокое начальство, у Зоси был выходной. Вечером она обещала зайти на кухню, испечь миндальный торт для завтрашнего праздника, а других дел не было.

С утра Зося прибрала в доме. Нарядилась, чтоб идти в лавку — для торта нужно было запастись пряностями, в которых заключался весь секрет, в свое время открытый ей кондитером Дымбой.

Погода была прелесть. Солнечно и тепло, а воздух — голубой с золотыми искорками.

Зося вышла на крылечко, зажмурилась от апрельского сияния, а когда открыла глаза, удивилась: с козырька свисало, покачиваясь, что-то сверкающее, будто маленький кусочек солнца.

Она шагнула вперед.

Браслет! Золотой! Сам собою парит в пустоте.

Хотела Зося перекреститься, да вовремя заметила, что браслет не парит, а подвешен на ниточке.

Что за чудеса?

Протянула руку — вещица, будто живая, уплыла вверх.

— Ой! — вскрикнула Зося.

Сбежала по ступенькам, задрала голову.

На козырьке крыльца, расставив ноги, сидел офицер-летчик, которого Зося видела в кантине. Он тогда коснулся ее руки и заглянул в глаза. И не сказать, чтоб красавец, но по взгляду и прикосновению, а пуще всего по трепету предательского сердца сразу стало понятно, что ходок, каких нечасто встретишь. Из-за таких вот остроглазых Зося в свое время глупостей и понаделала.

— Ой, — снова сказала она, но уже тише.

Офицер держал в руке прутик, с которого и свисал браслет на ниточке.

— Что это вы делаете, пан?

— Ловлю рыбку. Золотую.

Не спѣши, моя красавица, постой!
Мнѣ недолго побесѣдовать съ тобой.
муз. неизвѣстнаго автора, сл. В. Панаева

А браслет, между прочим, был не просто так — с рубином и, кажется, с алмазной крошкой. Зося ловко, как кошка лапой, цапнула его и поднесла к глазам. Точно, рубин с алмазами!

— Поймал, — объявил опасный блондин и спрыгнул на землю. Да как схватит Зосю за ухо. — Ой, что это у тебя?

— Где?

Она потрогала мочку — в ней откуда ни возьмись появилась сережка, хотя Зося их сегодня и не надевала. Выдернула — тоже рубиновая.

— Я вас видела. Вы недавно у нас, — прошептала Зося. — Вы летун, да?

— Нет, милая. Я волшебник. А второе ушко у тебя есть?

Она послушно повернула голову.

— Смотри-ка, в нем тоже сережка...

Блондин держал ее за ухо, не выпускал. Нежно повернул Зосино лицо, стал к нему наклоняться — не нахально, но очень уверенно.

Проклятое сердце творило с Зосей, что хотело: заставило опустить ресницы и подставить губы, да еще и приподняться на цыпочки. Ум впал в оцепенение. Голова закружилась.

— Не надо, — слабо попросила Зося. — Нехорошо. Потому что...

Но объяснить, почему это нехорошо, не успела — губы уже встретились.

И все завертелось...

Эротический механизм Зеппа фон Теофельса был устроен не совсем обычным образом. Можно сказать, совсем необычным. Однако полностью соответствовал общей внутренней логике этого феноменально цельного человека.

Желанность и соблазнительность для Зеппа определялись не физическими параметрами объекта страсти, а одним-единственным условием: любовное слияние должно было приближать гауптмана к поставленной Цели. И чем больше пользы могло произойти от этого, тем сильнее распалялся Теофельс.

Сейчас, например, он прямо-таки пылал вожделением. И видел перед собой не аппетитную бабенку, раскрасневшуюся от буйства жизненных соков, а мясистую тушу «Летающего слона». Ну хорошо, не будем усугублять зоофилию гомосексуализмом — «Летающей слонихи». Зепп накинулся на эту ушастую бело-розовую самку, будто повелитель стада, подмял под себя и устроил такой фейерверк африканской страсти, что бедняжка Зося от благодарности чуть не лишилась чувств. Несмотря на довольно разнообразный опыт общения с мужчинами, таких упоительных восторгов она еще не испытывала.

А ненасытному любовнику мерещилось, что под ним прогибается полотняный фюзеляж, трещат распластанные крылья и во все стороны летят выдранные с мясом гайки.

— Тебе тоже так хорошо? — со счастливым смехом пролепетала женщина, когда чудо-кавалер замотал головой и издал торжествующий рев.

А это Зепп трубил по-слоновьи. Он взял Зосю за виски, потерся о ее носик своим — нет не носом, а хоботом.

Она снова захихикала.

— Ты самый лучший мужчина на свете!

Потом, как и положено, неверную невесту охватили муки раскаяния.

— Я плохая. У меня жених, а я лежу с другим мужчиной.

— Любишь его? — лениво поинтересовался Зепп.

— Совсем нет. Но он порядочный человек. И обещал жениться. Ты ведь на мне не женишься?

Он покачал головой.

— Волшебникам жениться нельзя.

Тут Зосе бы обидеться — как же это он даже в постели, из вежливости, не хочет соврать, но такая она нынче была слабая и глупая, что только вздохнула.

Сказала:

— Ну и пусть!

И сжала свое мимолетное счастье в объятьях.

С женщиной только свяжись

В тот же день фон Теофельсу пришлось пожалеть о том, что разработанный им маневр проходил через постель пани Зоси.

С женщинами что плохо? Все время недооцениваешь степень идиотизма, в который их вгоняет страсть. В этом состоянии они бывают способны на опасные и даже саморазрушительные поступки.

Ну вот, казалось бы, чего дуре еще? Жених есть, никуда не делся. Появился любовник, который ни на что, кроме твоего мяса, не претендует плюс дарит дорогие подарки. Наслаждайся жизнью, пока удается, и молись только об одном: чтоб все было шито-крыто.

Это Зепп так рассуждал, будучи человеком логичным. А что там себе думала кельнерша и думала ли вообще — загадка.

Во всяком случае, после обеда, когда Зепп сидел в кабине двухместного «вуазена» и ждал Грубера (они должны были лететь вместе), Зося преподнесла своему возлюбленному тревожный сюрприз.

— Ты что так долго? — накинулся Теофельс на Тимо, бережно прижимавшего к груди крепкий фибровый чемоданчик.

— Фаш фройляйн... парышня меня тершал. Просиль давать письмо.

Грубер с явным неодобрением протянул сложенный листок, от которого пахло сладкими духами.

Зепп выругался, развернул.

«Приходи. Истаскавалася. Зоська», — было написано на бумажке крупным детским почерком, а внизу нарисовано сердечко, похожее на пышный зад, из которого почему-то торчит стрела.

Чертова прорва! И когда она только успела истосковаться? Хуже всего, что не побоялась довериться незнакомому солдату. Совсем у бабы мозги растаяли. Не испортила бы всё, идиотка!

Гауптман хотел разорвать компрометирующую записку на мелкие кусочки, но не успел — к аэроплану приближался командир авиаотряда.

— Неурочный вылет, Михаил Юрьевич? Почему с механиком?

— Что-то волнуюсь перед смотром. Пусть мой Тимо послушает, как ведет себя мотор на высоте. На тысяче семистах начинается какой-то стук.

Я вамъ пишу, чего же боле,
Что я могу еще сказать?
Теперь я знаю, въ вашей волѣ
Меня презрѣньемъ наказать.
муз. П. Чайковскаго, сл. А. Пушкина

— Зачем вам подниматься на тысячу семьсот? Ваше дело завтра — продемонстрировать несколько фигур пилотажа на пятистах, а потом произвести показательную фотосъемку на время.

— Я должен быть полностью уверен в машине. Кроме того, если не возражаете, фотографировать со мной полетит тоже Тиимо. Хочу, чтоб он поупражнялся с камерой.

— Как угодно. — Полковник смотрел на чемоданчик. — Инструменты?

— Так точно, фашсковородь, — деревянным голосом ответил Грубер.

— Ну, легкого взлета, мягкой посадки.

Ночь перед смотром

В Особом авиаотряде подготовка продолжалась до глубокой ночи, а в специальной зоне обслуживающий состав не ложился совсем. «Муромца» чуть не всего разобрали, проверили, почистили, смазали, потом собрали вновь. Работой руководил сам механик. В полночь трое остальных членов экипажа отправились спать, чтобы набраться сил перед завтрашним днем, а Степкин всё пестовал свое исполинское детище. Но к третьему часу ночи уже и он не знал, чем себя занять: все было в идеальном порядке.

Вокруг освещенной прожекторами машины стояли четверо часовых. Бак был заправлен, масло залито, всё, что надо, — смазано, что надо — подкручено, каждый из четырех моторов проверен по нескольку раз.

Пора было отдохнуть и механику. Ему завтра тоже предстояло подниматься в воздух. Мало ли что случится в небе. Нужно, чтоб голова была свежей и руки не дрожали.

Оставив в ангаре перепачканный комбинезон и смыв грязь, зауряд-прапорщик пошел к офицерскому дому. Он очень устал, но знал, что не заснет — будет лежать и мысленно всё осматривать да ощупывать своего «Илюшу».

Из темноты кто-то шепотом позвал механика:

— Фаш плагороть!

Там стоял долговязый, нескладный солдат. Кажется, Степкин его видел среди техников авиаотряда.

— Ты кто?

Дылда молча протягивал какую-то бумажку.

«Приходи. Истаскавалася. Зоська», — прочел зауряд-прапорщик, посветив фонариком. И всю усталость как рукой сняло. Никогда еще невеста не писала ему так прочувствованно, так страстно! Видно, тоже волнуется из-за завтрашнего.

На сердце у Степкина стало тепло. И даже горячо.

— Она передала? — Он поцеловал листок. — Люленька моя. Истосковалась! Эх, черт! Да как же я отсюда выйду? — Механик оглянулся на ворота, у которых со вчерашнего дня был выставлен усиленный караул. — Не пойму, как ты-то сюда пролез?

Солдат поманил его за собой.

Повел вокруг казармы, вдоль забора. Наклонился, да вдруг сдвинул в сторону одну из массивных досок.

Колебался Степкин недолго. Честно сказать, нисколько не колебался. Все равно ведь не уснул бы — сам это знал. А тут...

— Спасибо тебе, милая душа. Отблагодарю.

Он обнял посланца любви, протиснулся через лаз и побежал в сторону деревни, неуклюжий, распираемый любовью.

Анекдотическая ситуация

Любовники лежали в кровати и начинали разогреваться для анкора, когда раздался нетерпеливый стук в окно.

— Люленька, это я! Открой!

В сторону крыльца протопали быстрые шаги.

— Степкин! — вскинулась Зося. — Езус-Мария, какой ужас!

Зепп уже был на ногах, подхватил со стула одежду и портупею, с пола — сапоги.

Теперь стук несся от двери:

— Отворяй! Скорей!

Зося прижимала к груди одеяло.

— Одно твое слово, и я его выгоню. Навсегда! — отчаянно сказала она.

— Зачем? Он — жених. А я что? Волшебник. Сегодня есть, завтра растаял. Впусти его. Только свет не зажигай. Ну, совет да любовь. Не поминай лихом. Когда уведешь его — исчезну.

Теофельс выскользнул из спаленки в гостиную и спрятался за посудным шкафом.

Нетерпеливый жених всё издавал из-за двери брачные призывы.

Кусая губы, смахивая слезы, хозяйка пошла отпирать.

— Сейчас нельзя, — послышался из передней ее сердитый голос. — Ты сумасшедший! Завтра приходи...

Но изнывающий от страсти механик ее не слушал. Дверь с треском распахнулась.

— Милая! Разделась уже! Счастье-то, счастье какое!

Жених протащил свою невесту через столовую с прытью, от которой в буфете задребезжали блюдца.

Прочь, прочь, ни слова!
Не буди, что было:
Не тебя — другого
Въ жизни я любила...
муз. А. Корещенко, сл. В. Красова

Торжественный день

Д овольно было один раз посмотреть на его императорское высочество Никника, чтобы стало ясно: это не кто-нибудь, а Верховный Главнокомандующий, причем не просто армией (мало ли на свете армий), а Самой Большой Армией Мира.

Главковерх был высоченного роста, обладал неподражаемой выправкой, а от сурового волчьего лица, обрамленного серой бородкой, веяло силой, уверенностью, властью. Когда Николай Николаевич гневался (что случалось нередко), иные чувствительные и непривычные начальники, случалось, падали в обморок. Зато с нижними чинами главнокомандующий был неизменно милостив, потому что с детства, еще по поэме «Бородино», запомнил: настоящий командир — отец солдатам.

Особенно хорош Никник бывал на парадах и смотрах. Приходясь внуком великому шагмейстеру Николаю Первому и вообще будучи военачальником старой школы, он придавал таким мероприятиям большое духовно-воспитательное значение. Парады главковерх принимал не с трибуны или, упаси Господь, в автомобиле, а исключительно в седле, на своем огромном ахалтекинце, похожий на статую какого-нибудь средневекового кондотьера. Чины свиты смотрелись рядом с полководцем, словно сборище карликов верхом на пони. Нечего и говорить, что солдаты и младшие офицеры своего Никника просто обожали.

Правда, на аэродроме, рядом с самолетными ангарами и сверхсовременными воздушными аппаратами, этот сияющий золотом конный цирк смотрелся диковато. Так, во всяком случае, считал пилот Долохов, застывший по стойке «смирно» в шеренге летунов Особого авиаотряда. Сзади изо всех сил, но без большого успеха старались изображать молодцеватость нижние чины обслуги и охранения. Команда «Муромца» выстроилась отдельно, перед секретной зоной, ворота которой были открыты. Воздушному кораблю предстояло открыть смотр; потом наступит черед легкой авиации.

Вольные зрители — невоенная прислуга и местные жители — толпились за оцеплением. И откуда только в невеликом селе Панска-Гура набралось столько народу, непонятно. Должно быть, из Радома и Ивангорода понаехали, посмотреть на дядю царя и на аэропланы.

Главковерх сказал очень хорошую речь. Краткую, мужественную, воодушевляющую. Про то, что русские раньше били врагов на суше и на море, а теперь учат-

Исполняется гимнъ Д. Бортнянскаго
«Коль славенъ»

ся бить и в небе. Голос у его высочества был просто удивительный. Безо всякого рупора разносился по всему аэродрому, ни одно слово не пропадало. Таким замечательным командным басом полководцы прежних времен запросто перекрывали шум целой битвы.

В девятнадцатом веке цены бы не было такому главнокомандующему, думал капитан фон Теофельс, любуясь великим князем. А в двадцатом цена ему есть: гривенник, максимум пятиалтынный.

Мимо строя, придерживая саблю, быстро шел командир авиаотряда, в парадном мундире и при орденах. Около Зеппа на секунду задержался.

— Волнуетесь?

— Еще как, господин полковник, — честно ответил Теофельс. Он действительно весь испереживался — это случалось всякий раз, когда от его усилий уже ничего не зависело и любая идиотская случайность могла погубить весь тщательно разработанный замысел.

— А я в вас уверен. Вот отлетает своё «Муромец», потом сразу вы. Покажите его высочеству, что легкая авиация тоже кое на что способна.

Главный конструктор, сопровождавший Крылова, нервно сказал:

— Юлий Самсонович, идемте же! Я должен кое-что дополнительно разъяснить главнокомандующему! Смотрите, как его обсели эти во́роны!

Молодому человеку наконец объяснили, какие интриги против тяжелой авиации плетут конкуренты —

воздухоплаватели и одномоторники. У изобретателя, можно сказать, раскрылись глаза на человеческое коварство.

Они с Крыловым приблизились к группе всадников. Полковник перешел на чеканный строевой шаг, лихо бросил руку к козырьку, отрапортовал, что всё готово, можно начинать. Изобретатель, подумав, приподнял соломенную шляпу и нескладно поклонился. Он не очень знал, как полагается приветствовать августейших особ.

Никник кивнул обоим, но слушал в это время воздухоплавательного генерала Краенко, который что-то жарко бормотал его высочеству в самое ухо. Второй фланг главковерха прикрывал аэропланный генерал Боур. Оба небесных начальника — надо отдать им должное — держались в седлах отменно.

Воспользовавшись тем, что внимание великого князя занято, Крылов тихо спросил изобретателя:

— Моторы не подведут? Лучше бы поставить стосорокасильные.

— А маневренность, маневренность?! — заволновался гений. — Уж от вас, Юлий Самсонович, я никак не...

— Что ж время терять? — Его высочество взирал на полковника сверху вниз. — Приступайте.

Конструктор сглотнул, но сунуться с «дополнительными разъяснениями» не осмелился. Лишь побледнел и прикусил кончик уса.

— Слушаюсь, ваше императорское высочество! — Крылов махнул рукой в белой перчатке, оглушительно прокричал: — Давай!

За воротами раздалось чиханье и фырканье, сменившееся ровным утробным урчанием.

Солдаты, облепив «Муромца», словно муравьи стрекозу, выкатили воздушный корабль на поле. Его пропеллеры крутились на одной восьмой мощности, стеклянная кабина сверкала на солнце.

— Хорош, — похвалил Никник. — Настоящий русский богатырь. — А что это его волокут? Сам выехать он разве не может?

— Это его на взлетную полосу катят! — пискнул конструктор и, спохватившись, добавил уже басом: — ...Ваше высочество. Императорское...

Винты закрутились быстрее. Солдаты бросились врассыпную.

— Как мыши от кота, — рассмеялся главковерх. Молодецкий аэроплан ему явно нравился.

Крылов незаметно подмигнул конструктору: не тушуйтесь, всё идет хорошо. Вынул белый платок, дал Рутковскому отмашку на взлет.

В салоне «Муромца» были готовы. Командир сунул в рот незажженную папиросу. Второй пилот Шмит надел огромные очки, специально для смотра одолженные у знакомого шоффэра. Поручик Лучко из суеверия поплевал на затвор пулемета. Механик Степкин потрогал шнурок своей иерусалимской ладанки и сотворил крестное знамение.

— Сначала корабль произведет стрельбу по мишеням, — докладывал Крылов. — Потом, поднявшись на максимальную высоту, исполнит на снижении фигуры пилотажа. «Бочку», атаку с пикирования, «петлю Нестерова».

Главнокомандующий неопределенно промычал — эти термины ему были неизвестны.

— Для «петли Нестерова» машина слишком тяжела. Сорвется в штопор, — усомнился генерал Боур.

— У штабс-капитана Рутковского вряд ли, ваше превосходительство, — вежливо ответил полковник, опередив возмущенный протест конструктора.

Всё шло, как по маслу

«Илья Муромец» в два счета сшиб пулеметным огнем все мишени. Хитрую безоткатную пушку с него убрали, вместо нее установили второй пулемет, «гочкис». И правильно сделали. Когда в «максиме» перекосило кассету с патронами, летчик-стрелок просто переместился к «гочкису». На земле короткого перерыва в стрельбе даже не заметили.

— Отменно, отменно, — повторял великий князь, глядя в небо то через бинокль, то просто так, из-под ладони. Взгляд у его высочества был орлиный — дальнозоркий.

Конструктор ободрился, даже позволил себе с насмешкой поглядывать на враждебных генералов — у тех вид был так себе.

— Отменно, — повторил Никник, провожая движением бинокля падающий воздушный змей, из которого эффектно сыпались клочья горящей пакли. — Нам бы такую птичку в турецкую войну. Да ударить по Плевне огнем из-под облаков, а, господа?

В свите почтительно засмеялись.

— Вверх пошел, — сообщил Крылов. — Запланирован подъем до четырех тысяч метров!

— Дались вам метры, полковник. — Ненужных заимствований у заграницы Николай Николаевич не одобрял. — Чем русские сажени нехороши?

Начальник Авиаканца сразу же воспользовался оплошностью Крылова:

— А на подъеме он все-таки тяжел. Посмотрите, ваше высочество. Как медленно набирает высоту! С «мораном» никакого сравнения.

— Вы находите? — Главковерх скосил глаза на второго специалиста.

Тот важно кивнул:

— А дирижабль поднимается еще быстрей.

— Неправда! Неправда! — шептал конструктор. — Не слушайте их, императорское ваше высочество!

А в воздухе происходило вот что

Странно смотреть на высочество с высоты, пришла в голову штабс-капитану Рутковскому странная и, вероятно, даже предосудительная мысль. Следующая была еще менее почтительной: с пятисот метров свита главнокомандующего была похожа на обсиженную блестящими мушками навозную кучку посреди зеленого луга. Вот так же и Всевышний взирает на власть земную с небес, подумалось командиру нечто уж совершенно невообразимое, так что он встряхнулся и заставил себя сосредоточиться на полете.

— Идем до потолка. Утеплиться!

Все надели кожаные куртки на меху, а некоторые особенно зябкие предприняли еще и дополнительные меры предосторожности. Лучко надел пуховые варежки, его работа на сегодня закончилась, стрелять больше не придется. У Шмита была чувствительная кожа, он натер свои румяные щеки мазью «Веселый лыжник». Степкин поверх всего нацепил ватную безрукавку.

— Что двигатели, Митрофан Иванович? — спросил Рутковский, зная, что механик умеет на слух уловить малейшую неисправность.

— В порядке, Федор Сергеевич.

— Ну, с Богом.

Корабль пошел на вираж, плавно ввинчиваясь в синее небо. За высотомер сегодня отвечал Шмит — надо же было чем-то занять мальчика.

— ...Тысяча. Тысяча сто. Тысяча двести, — монотонно докладывал он.

Аэроплан вел себя умницей. Рутковскому казалось, что машина идет вверх сама, а он лишь сопровождает ее движение поворотами руля и нажатием педалей.

Командир оглянулся на экипаж.

Жора Лучко блаженно улыбался — предвкушал, как славно-полноправно сегодня напьется после смотра.

Второй пилот не отрывал глаз от прибора, преисполненный важности своего задания.

— Две сто. Две двести. Две триста. Две четыреста...

Митрофан Иванович *слушал машину*, пыхтя от сосредоточенности.

— Степкин, плесни чайку, — лениво пошутил стрелок.

Узкоголовый, круглый в своей пухлой безрукавке механик действительно был похож на кипящий самовар.

Шмит прыснул и доложил:

— ...Две пятьсот.

Днем ранее

— Ну, легкого взлета, мягкой посадки, — напутствовал полковник «Михаила Юрьевича Долохова» и с удовольствием посмотрел, как легко и красиво взлетает американский циркач. Этот на завтрашнем смотре уж точно не подведет.

Аэроплан марки «вуазен-5» Зепп выбрал не столько из-за летных качеств, сколько из-за устройства кабины. Модель была нестандартная, первоначально предназначавшаяся для авиашколы и полетов с инструктором, поэтому сиденья располагались рядышком. Фон Теофельс желал лично руководить экспериментом.

Тимо раскрыл фибровый чемоданчик, в котором размещалась целая мини-лаборатория: склянки, алюминиевые коробочки, бутылочки, проводочки — много всякой всячины.

— Я буду лететь очень ровно, — крикнул Зепп. — А ты смотри, не расплескай. Не то сам знаешь.

Этого можно было не говорить. Ручищи Грубера по ухватистости поспорили бы с самым надежным зажимом.

— Берешь пирофор «Файерблиц» — это ячейка XIX, левая. — Сейчас гауптман говорил по-немецки — дело серьезное, да и кто в воздухе подслушает. — Он подойдет в самый раз — и по эффекту, и по цвету. Проблема — правильно подобрать емкость.

Помощник взял склянку, наполненную желто-бурой жидкостью. К резиновой пробке была прикреплена резиновая трубочка.

— Ставь штативы!

Чемоданчик, лежащий на коленях Тимо, моментально превратился в лабораторный столик, в котором были установлены маленькие штативы с четырьмя пузырьками примерно одного размера, но с разной толщиной стекла.

Очень осторожно Тимо наполнил их все пирофором, следя, чтоб ни одна капелька самовоспламеняющегося вещества не вошла в соприкосновение с воздухом: тщательно герметизировал пузырьки дополнительными заглушками, подсоединил трубку к первому, наполнил, закупорил; проделал ту же операцию со вторым, третьим, четвертым.

Зепп молчал, чтобы не отвлекать слугу от этой ювелирной и очень опасной работы.

— Готово! — сообщил Тимо.

«Вуазен» задрал нос и начал быстро подниматься. За высотой следил Теофельс, у слуги была своя задача. От быстроты и четкости Грубера зависело, вернутся ли экспериментаторы на землю живыми.

Маслянистая жидкость мирно покачивалась в пузырьках, но эта безмятежность была обманчива. Тимо держал наготове тряпку, пропитанную огнеупорным раствором. На лбу у обоих авиаторов, несмотря на холод, выступили капли пота.

...В ноябре тринадцатого капитан фон Теофельс участвовал в больших маневрах под Мюнхеном, проверяя возможности нового, невиданного вида фронтовой разведки — авианаблюдения за противником. Нужно было быстрее прочих пилотов выявить расположение войск «синих», занести на карту и доставить командованию. Победителя ожидала медаль, но Зепп старался не из-за награды. Его всегда интересовало новое, а еще он любил побеждать.

Все офицеры, участвовавшие в соревновании, были первоклассными летчиками. Некоторые управляли самолетом даже лучше Теофельса, который, в конце концов, был всего лишь талантливым дилетантом. Значит, следовало взять не мастерством пилотажа, а чемто иным. Зепп придумал сразу несколько штук, каж-

Ты скажешь: ветреная Геба,
Кормя Зевесова орла,
Громокипящiй кубокъ съ неба,
Смѣясь, на землю пролила!
Собственная музыка тапера
на сл. Ѳ. Тютчева

дая из которых могла дать ему маленькое преимущество.

Во-первых, скрупулезно рассчитал возможную протяженность маршрута и слил всё лишнее топливо, чтобы облегчить аэроплан и тем самым увеличить его скорость.

Во-вторых, взял с собой новейший измеритель угла «рему», чтобы учитывать малейшие перемены в боковом ветре.

В-третьих... Впрочем, что толку перечислять все эти ухищрения? Их было много, и одно из них, казавшееся абсолютно безобидным, свело на нет все остальные.

Среди прочих технических новинок гауптман взял с собой в полет «вечную» ручку. Наносить ею на карте диспозицию противника было быстрей и удобней, чем карандашом, который к тому же при любом толчке или попадании в воздушную яму ломался.

Поначалу всё шло замечательно. Но когда Зеппу понадобилось подняться выше линии облаков, чтобы увеличить запас высоты для планирования, случилась странная вещь. Из авторучки ни с того ни с сего вдруг, пузырясь, вылились чернила — будто шампанское из бутылки. Делать пометки стало нечем, и Теофельсу пришлось вернуться на аэродром несолоно хлебавши.

Это, конечно, было досадно для самолюбия, но один из принципов, которыми Зепп руководствовался в жизни, гласил: всякий дефект может быть обращен в эффект. Нет такого поражения, которое нельзя было бы превратить в победу или, на худой конец, в полезный урок.

Он стал допытываться у физиков, что случилось с чертовой ручкой, и выяснился загадочный факт. Оказывается, на определенной высоте происходит перепад воздушного давления, отчего чернила и выбило из резервуара.

Другой человек, удовлетворив любопытство, выкинул бы эту бесполезную информацию из головы. Но только не Йозеф фон Теофельс. Подобно слуге Осипу из гоголевских «Мертвых душ», он ничего никогда не выкидывал — из памяти. Всё в хозяйстве могло пригодиться, любая мелочь, пусть на первый взгляд бессмысленная или даже вредная.

Например, записка влюбленной дуры.

Или время, бездарно потраченное на подглядыванье за скучными любовниками.

«Вуазен» преодолел барьер в две тысячи метров, а пузырьки всё не лопались.

— Холодно, — пожаловался Тимо.

Он не надел перчаток, и его руки совсем побелели.

— Ты это брось! — встревожился Зепп. — Малейшее промедление — и сгорим к черту.

— Промедления не будет. Просто холодно.

На высоте 2500 во втором слева пузырьке, самом тонком, «Файерблиц» закипел, пошел кверху и вытолкнул резиновую крышечку. На воздухе пирофор немедленно загорелся, внутри бутылочки вспыхнул и лопнул огненный шарик. Зазвенели осколки — но Грубер уже прихлопнул очаг возгорания тряпкой.

Итак, пузырек номер два. Высота две пятьсот.

С главным ясно. Техническая сторона дела решена. Остается часть лирическая.

Ну, это просто.

Записка — пошлая ситуация — ладанка на гвозде.

Пожар в воздухе

Д ве пятьсот, — прыснул второй пилот, развеселившись шутке про самовар.

В ту же секунду Степкин издал громкий хлопающий звук, словно в самом деле был самоваром и лопнул от нестерпимого жара. Прямо на груди у механика, вырвавшись из-под куртки, выплеснулось пламя, да не простое, а жидкое, и потекло вниз. Вспыхнула ватная безрукавка. Степкин отчаянно закричал, хлопая себя по животу, рванулся с сиденья.

МОЙ КОСТЕРЪ ВЪ ТУМАНѢ СВѢТИТЪ,
ИСКРЫ ГАСНУТЪ НА ЛЕТУ...
муз. Я. ПРИГОЖЕГО, сл. Я. ПОЛОНСКАГО

Брызги огня полетели во все стороны. Сквозняк из щелей разметал эти алые комки по всему салону, задул их внутрь фюзеляжа. В одном, потом в другом месте занялась полотняная обшивка. Встречный ветер быстро гасил очаги, но от них оставались черные дырки и разлетались новые искры...

Истошно вопил пылающий факелом Степкин. Шмит и Лучко лупили по нему кожаными куртками, но погасить огонь не удавалось. Командир помочь не мог — ему нельзя было выпускать руль.

Никто не понимал, что произошло, и это было страшней всего. Кабину стало заволакивать дымом.

— А-а-а! Глаза! — кричал механик. В судорогах он сорвал с себя шлем, и у него загорелись волосы. — Братцы, тушите! Тушите!

Наконец стрелок повалил его на пол, чтоб не бился, распахнул на себе китель и накрыл товарища собственным телом. Этот странный способ подействовал. Сбить пламя удалось. Но горело или тлело уже в десяти разных местах кабины.

— Бензопровод берегите! Рванет! — стонал Степкин.

— Что это он делает? — с любопытством спросил главковерх. — Пускает дымовую завесу? Но зачем?

Маленький самолетик в небе двигался короткими рваными зигзагами. Он выбросил облачко черного дыма. Потом — облако белого, уже побольше.

Крылов не ответил его высочеству.

— Что за... Ничего не понимаю! — пролепетал изобретатель.

Шеренга летчиков на поле дрогнула и рассыпалась.

— Горит! Горит!

Теперь было видно, что из кабины «Муромца» вырываются языки пламени.

В толпе зрителей раздался истеричный женский крик:

— Митрофа-а-ан!

Кто-то там упал наземь, над упавшей склонились. Но в ту сторону смотрели немногие.

Все завороженно наблюдали за драмой, разворачивавшейся в воздухе.

Пожар, наконец, кое-как погасили: забили, задушили, залили водой. Кабину наполняли чад и дым, но огня уже не было, лишь дотлевала одежда на обожженном Степкине. Он лежал на полу, издавая стоны. Его лицо страшно раздулось, с него свисали клочья лопнувшей кожи. Тошнотворно пахло паленым мясом.

Стекла салона треснули и частично выпали, внутри аэроплана завывал ветер, загоняя внутрь фюзеляжа бумаги и всякую мелочь.

— Почему крен? — кричал командир. — Не могу удержать! Падаем! Не слушается! Митя, помогай!

Шмит тоже навалился на руль, оба пилота заскрипели зубами от напряжения. «Муромец» неохотно выровнялся, едва-едва не ухнув в штопор. Воздушный корабль бросало из стороны в сторону. Не то что стоять, но и сидеть было трудно.

— Митрофан Иванович! Что с машиной? Митрофан Иванович, вы меня слышите?

— Слышу, командир... — охнул Степкин. — Господи, только не вижу ничего... Повороты что?

— Элероны не работают.

— Значит, рулевой трос лопнул. Или передаточную крестовину заклинило. От рывков. Если это крестовина, можно бы снизу, через люк достать. Попробовать... Кабы не глаза... А если попробовать «штаб-офицерским»?

«Штаб-офицерским» назывался медленный поворот без крена на одном руле направления.

— Это ведь не «ньюпор». — Рутковский помотал головой. — Не вытянем. Скользнем на крыло, зароемся — и в штопор.

Степкин попробовал протереть глаза, но только закричал от боли.

— Нет, не могу!

«Илья Муромец», дрожа всем своим тяжелым телом, летел прочь от солнца. Ни свернуть, ни снизиться было невозможно.

— На сколько хватит топлива? — спросил Лучко.

— Мы заправились на одну восьмую. Если оставить один мотор, хватит минут на двадцать.

— Это роскошно, командир. Можно поговорить напоследок, подготовиться. Нашему брату такая удача редко выпадает. — Поручик вздохнул. — Жалко, выпить нечего. За упокой грешной души. Ничего, ребята за нас выпьют... — Он насупил брови, желая сказать что-нибудь значительное, соответствующее торжественности момента. Но ничего такого в голову не приходило. — А вот, говорят, французы изобрели штуку, «парашют» называется... Если самолет падает, летун преспокойно выпрыгивает, дергает за ремешок и спускается, как на зонтике... Брехня, наверно.

— Жора, — прохрипел Степкин, приподнимаясь и шаря руками по полу. — Отвори бомбовой люк.

Лучко нажал рычаг, и в полу открылось квадратное отверстие.

— Держи меня за ноги! Крепко!

Ослепший механик перевернулся на спину, всхлипывая от боли. Поручик сел на его ноги, руками вцепился в колени.

— Опускай меня!

С воплем Степкин свесился головой вниз, словно гимнаст на трапеции. Качнувшись взад-вперед, дотянулся рукой до брюха самолета и, кажется, ухватился за что-то. Держать его стало легче.

Еле слышно донеслось:

— Ни черта не вижу...

И еще что-то неразборчивое.

— Что? — заорал Лучко, пригибаясь.

Исполняется "Allegro con brio"
изъ «Героической симфоніи»
Л. Бетховена

— Так и есть! Передаточную крестовину скосило! Ключ дай!

Стрелок обернулся к пилотам.

— Митька, что в руль вцепился? Ключ давай!

Шмит бросился к ящику с инструментами.

— Который?

— Черт его знает. Суй ему все по очереди...

С земли увидели, как аэроплан, быстро удалявшийся к западу, вдруг качнул крыльями, накренился набок и по дуге пошел вниз, вниз, вниз.

Над аэродромом пронесся вздох ужаса. «Муромец» медленно развернулся, его тупое рыло было нацелено прямо на верхушки ельника, что начинался за взлетным полем.

На лицах членов великокняжеской свиты появилось одинаковое страдальческое выражение, главковерх тоже скривился. При этом все, не отрываясь, смотрели только в одну точку.

Воздухоплавательный генерал сдернул фуражку и перекрестился. Авиационный генерал сказал:

— А я докладывал в ставку. Модель недоработана. Средства притом потрачены чудовищные...

— Ребята, ну ребята, ну пожалуйста... — шептал полковник Крылов, не замечая, что бьет себя кулаком по бедру.

Конструктор — тот просто закрыл руками лицо и согнулся. Не мог видеть, как гибнет его детище.

Над самыми деревьями гигантский самолет вдруг неуклюже выровнялся. Еще раз качнул крыльями, но уже не беспомощно, а словно успокаивая зрителей. Пронесся над толпой, уверенно сделал разворот и стал заходить на посадку.

Ему навстречу гурьбой, с криками, бежали все, кто был на поле. На месте осталась лишь группа всадников.

Конец слоновьей охоты

— ...Слава Господу, что всё обошлось и молодцы-летуны живы, однако сами видите, ваше высочество, эта во многих отношениях интересная машина еще требует большой доработки, — говорил генерал Боур. — А между тем на сумму, потребную для производства одного такого «Муромца», французы немедленно поставят нам десять отличных, проверенных в деле машин. Тяжелая авиация — дело будущего, а воевать нам сегодня.

— Это верно. Воевать надо сегодня. — Николай Николаевич посмотрел на сраженного неудачей командира авиаотряда. — Что ж, полковник, давайте посмотрим, каковы в деле ваши легкие аэропланы. Что входит в программу демонстрации?

Больше всего Крылову сейчас хотелось вслед за остальными бежать к «Муромцу» — удостовериться, все ли живы, но полковник умел держать себя в руках. Он показал на военлета Долохова, который, уже в шлеме, стоял перед начальством навытяжку.

— Прапорщик на 70-сильном «вуазене» покажет фигуры высшего пилотажа, после чего отправится на аэрофотосъемку. Перед самым вылетом он получит запечатанный пакет с координатами района, который должен быть сфотографирован. Это участок фронта, расположенный в 70 километрах... то есть верстах отсюда. Расчетное время на выполнение задания — 2 часа. За это время мы покажем вашему высочеству новинку воздушного маневрирования: полеты группой в три самолета, с выполнением одновременного бомбометания и разворота «все вдруг». Потом наше Офицерское собрание почтет за честь просить ваше высочество пожаловать на скромный обед...

— Ваше императорское! — влез в разговор белый от горя изобретатель. — Высочество! Что же будет с моим воздушным кораблем? На заводе готовы к сборке десять машин!

Военному человеку подобное нарушение субординации даром бы не прошло, но к статским главковерх

Что, орелъ мой быстрокрылый,
Крылья мощныя сложилъ?
муз. народная, сл. П. Ершова

относился снисходительнее. К тому же не следовало забывать, что молодому невеже благоволит царственный племянник.

— Игорь Иванович, дорогой вы мой, — снисходительно пророкотал Никник, довольный, что вспомнил имя и отчество столь незначительной фигуры. Незначительной фигуре это всегда лестно, а у окружающих памятливость августейшей особы вызывает восторг и благоговение. — Вы ведь университет заканчивали, естественник. — Столь мелких подробностей его высочество, конечно, знать не мог, но ошибиться здесь было невозможно. Уж если человек изобретатель, то наверняка не в богословской академии учился. — Должны понимать: пускать в серию недоработанный прототип — это нонсенс. Проверьте, что у вас там за неполадки, устраните их, представьте результат на одобрение комиссии. Одним словом, семь раз отмерьте, а там и отрежем.

Конструктор схватился за виски.

— Ваше высо... — Его голос сбился на визг. — Машина совершенно готова! Это была какая-то случайная неисправность! Вы видели, какая огневая мощь! Какая маневренность! Еще одной комиссии я не вынесу! Это же минимум полгода! Заводу нужны деньги! Без них всё остановится! Людей перебросят в другие цеха!

Посуровев, главнокомандующий сказал:

— Деньги не на деревьях растут, молодой человек. Их наш многотерпеливый народ, храни его Господь, добывает потом да кровью. Транжирить миллионы на... — Он запнулся, подбирая достаточно сильный эпитет. — ...На такие вот иллюминации в воздухе я не позволю. Народных денег жалко. Да и летунов.

— Но государь обещал! Я всеподданнейше... Я аудиенцию... Мне не откажут! — отчаянно затряс пальцем молокосос.

Между прочим, был прав — не откажут. А мягкохарактерность дорогого Ники главковерху была слишком хорошо известна. Пойдут телеграммы, письма, и завяжется вокруг злосчастного аэроплана целая бумажная канитель, как будто у главковерха и без того мало забот.

Умный был человек его высочество. Умел находить выход и не из таких ситуаций. В секунду сыскал решение, на которое племяннику и возразить будет нечего.

— С другой стороны, машина действительно многое обещает, — задумчиво протянул Никник. — Такая большая и стреляет хорошо... Пожалуй, поступим вот как. — Он кивнул адъютанту, чтобы записывал. — Закажем Балтийскому заводу... ну, скажем, еще одну машину. Пусть поработает на фронте, полетает полгода или год. Хорошо себя покажет — запустим в серию.

Приговор — по тону слышно — был окончательный и дальнейшему обсуждению не подлежащий.

БАЛТІЙСКО - РУССКІЙ ЗАВОДЪ.
ПЕТРОГРАДСКОЕ ОТДѢЛЕНІЕ.

ЦЕХЪ

**РУССКІЙ
БОГАТЫРЬ**

И никто не узнаетъ, и никто не придетъ,
только раннею весною соловей пропоетъ.
ЖАЛОСТНАЯ ПѢСНЯ

— Ну, сокол, лети с Богом, — отечески кивнул затянутому в кожу пилоту главнокомандующий.

Зепп браво отсалютовал и побежал к «вуазену», жужжавшему пропеллером на полосе. Тимо уже был на месте и прогревал мотор.

Аэроплан исполнил в воздухе несколько стандартных, несложных маневров. Во-первых, великий князь все равно не оценил бы тонкостей пилотажа, так что незачем метать бисер. А во-вторых, глупо рисковать, когда задание уже выполнено.

Затем капитан фон Теофельс взял курс на запад. Семьдесят километров до фронта он пролетит по траектории, указанной в пакете. Тимо, так и быть, пофотографирует позиции — только, конечно, не германские, а русские. Потом в задание придется внести еще одну корректировку. Миновав линию окопов, «вуазен» продолжит путь на запад, до первого немецкого аэродрома. У русских самолет будет считаться пропавшим без вести.

Аэроплан покачал на прощание крыльями. До новых встреч, господа. Вы, разумеется, опомнитесь и через какое-то время наладите выпуск своих «Летающих слонов», но будет поздно. Нашему наступлению они повредить уже не смогут. А там и Германия запустит в производство собственные многомоторники. В современной войне все решает скорость: кто раньше поворачивается, тот и выигрывает.

Несмотря на победительные мысли, Зеппу было немного грустно, как всякий раз после выполнения трудной задачи.

Но грусть была светлая, по-своему приятная. Хотелось бы испытать нечто подобное и в смертный час, оглядываясь на прожитую жизнь. Это означало бы, что она удалась.

Из директивы Штаба верховного главнокомандующего Главному военно-техническому управлению: «...Вследствие обнаружившейся непригодности аэропланов типа «Илья Муромец» к выполнению боевых задач надлежит прекратить снабжение армии аппаратами этого типа».

ХРОНИКА

«Илья Муромец»

Главковерх с августейшим племянником

Mackansen   v. Moltke   Kronprinz Wilhelm   v. François   v. Falkenhayn   v. Beseler   v. Bethmann-Hollweg
v. Preussen   Ludendorff   v. Einem
Kronprinz Ruprecht   Herzog Albrecht   v. Kluck   v. Emmich   v. Haeseler   v. Hindenburg   v. Heeringen
v. Bayern   v. Württemberg   Kaiser Wilhelm II.   v. Tirpitz

5090

Император Вильгельм и его генералы

«Ньюпоры»

«Эльфауге»

«Таубе»

Кабина «ньюпора»

Кабина «альбатроса»

Полевой аэродром

Все дети хотят стать «летунами»

Изобретатель
«Ильи Муромца»
И.И. Сикорский
с пилотами

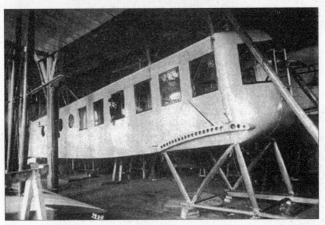

Сборка фюзеляжа

Команда обслуживания в полном составе

Осмотр гиганта

Визит высокого начальства

Богатыря выкатывают из ангара

Готов к взлету

Набирает высоту

В небе «Летающий слон»!

Возвращается на аэродром

Задание выполнено. Все живы

Рождение противовоздушной обороны

Вечная память...

Падение Икара

ДѢТИ

ЛУНЫ

Декадентскій этюдъ

ОПЕРАТОРЪ

ИГОРЬ САКУРОВЪ

Таперъ г-нъ Акунинъ

Петроградский август

Белые бессолнечные дни. Черные безлунные ночи. Серые мокрые сумерки, как зыбкая граница между явью и сном. Но нет ни полного забытья, ни настоящего пробуждения. Столица больна. Столица наполовину пуста. По прямым каменным улицам бродят растерянные женщины. Мужчин гораздо меньше, зато они деловиты, они спешат. Большинство одеты в военное, но в самом городе ничего воинственного нет. Фронт очень далеко. Только на большом отдалении от выстрелов так густо гнездятся генералы и популяция бравых полковников так решительно превышает количество зеленых прапорщиков.

Один из представителей этого во всех смыслах незначительного меньшинства, о котором еще говорят «курица не птица, прапорщик не офицер» (вполне, впрочем, молодцеватый юноша в превосходно сидящем кителе), соскочил с извозчика у здания Отдельного жандармского корпуса на Фурштатской, поправил портупею, снял и снова надел фуражку, взбежал по ступенькам.

Пока дежурный искал в журнале имя («прп. А. Романов к его првсх. ком-ру ОЖК»), молодой офицер привычным жестом потрогал, словно бы вдавливая в грудь, солдатский георгиевский крест.

Ишь, важничает, подумал дежурный, выписывая пропуск на этаж, где помещалось высшее начальство.

Но Романов не важничал. Он теребил орден всякий раз, когда начинал зудеть рубец от пули. Не будешь же на людях чесаться по-обезьяньи, а на обратной стороне оранжево-черной колодки булавка. Потрешь ею, и легче.

Синьор Сольдо, хирург Луганского госпиталя, говорил: «Мальчик, у тебя кошачья везучесть и собачья живучесть. Нужно очень постараться, чтобы пустить в себя пулю так виртуозно: в сантиметре от сердца, не задев ни одной крупной артерии!» Доктор был человек опытный, умный и верящий в приметы. По его предсказанию, Романову на своем веку предстояло быть множество раз раненным, но не смертельно и даже без тяжелых последствий.

Действительно, от пули, которая насквозь прошила несостоявшегося самоубийцу, только и осталось, что легкий зуд правее соска. Раздробленная на фронте рука, которой врачи сулили постепенное иссыхание, тоже зажила, как-то сама собой. Благодаря усердным упражнениям, которыми ее мучил Алексей, она, пожалуй, стала еще сильней, чем до ранения.

В начале весны прапорщик истребовал медицинского переосвидетельствования, которое прошел безо всяких трудностей, и был переаттестован в разряд полной строевой годности, чего с комиссованными вчистую почти никогда не бывает.

Несмотря на весну и отменно восстановившееся здоровье, жизнь Романову была не мила, опять же отечество пребывало в опасности. И личные, и общественные резоны звали вернуться на фронт, где — об этом писали все газеты — катастрофически не хватало именно младших офицеров, но князь Козловский провел со своим молодым товарищем долгую, обстоятельную беседу и переубедил, переспорил, перекричал. Перекричать Алешу было нетрудно, после трагических событий минувшей зимы он утратил прежнюю пылкость. Да и аргументы князя, что ни говори, звучали логично, а логике бывший студент-математик привык доверять. Собственно, логика — единственное, чему на свете вообще можно верить. В этом он убедился на собственной шкуре, дорогой ценой.

Ротмистр втолковывал молодому человеку:

— Пойми, упрямая башка! Не о своих сантиментах ты должен думать. Думать нужно, где ты причинишь больше вреда врагу и соответственно принесешь больше пользы отчизне. Взводом на фронте могут командовать многие, и получше тебя. А вот толково служить в контрразведке способны единицы. Опасностей у нас не меньше, чем на фронте, это ты сам знаешь. Награды, правда, выдают скупее, чем в окопах. Но это для тебя тоже не новость...

С наградой за успешную швейцарскую операцию вышло одно расстройство. Генерал Жуковский вернувшихся героев расцеловал и представил к ордену святого Георгия 4-й степени, согласно 71-й статье Статута, которая предусматривает это высокое отличие для тех, «кто, подвергая свою жизнь явной опасности, неустанными наблюдениями в бою соберет такие важные сведения о противнике, коими будут выяснены планы и намерения последнего, что даст возможность высшему начальнику одержать решительную победу». Однако Георгиевская кавалерская дума представление с возмущением отвергла, отказавшись приравнивать «альпийский вояж» к боевым действиям. Возможно, вердикт вышел бы иным, имей контрразведка возможность изложить дело во всех подробностях, но, учитывая деликатность «вояжа» и его несоответствие установлениям международного права, это было совершенно немыслимо.

Тогда начальник подал другую реляцию, испрашивая для своих эмиссаров хотя бы «владимира» с мечами и бантом, но и тут получил отказ, даром что командир жандармского корпуса и генерал свиты его величества. То есть дать-то ордена дали, но без мечей, с одними лишь бантами, словно не за военный подвиг, а за мелкую служебную заслугу в глубоком тылу. К этому сомнительному отличию Жуковский прибавил от себя наградные, и на том чествование триумфаторов закончилось.

Полученные деньги, пятьсот рублей, Алексей потратил на офицерское обмундирование — заказал полный комплект у самого Норденштрема, на Невском.

Первый раз надел всю амуницию, встал перед зеркалом — сам на себя засмотрелся, до того был хорош.

Плечист, высок, подтянут. Рука, хоть и абсолютно исцеленная, для эффектности в черной перчатке, висит на перевязи. На груди блестит одинокий, скромный солдатский «георгий» (мирный «владимир» с бантиком Романов, вопреки уставу, решил не носить).

С одного взгляда читается вся жизнь: молодой герой из добровольцев, офицерское звание выслужил храбростью, а что не на фронте — так это из-за ранения.

У меня ль молодца
Ровно въ двадцать лѣтъ
Со бѣла со лица
Спалъ румяный цвѣтъ.
Муз. П.Сокальскаго, сл. А. Полежаева

Но любовался отражением Алексей недолго. Вдруг вспомнил Грушницкого из «Героя нашего времени». Тот тоже красовался солдатским крестом и сшил себе умопомрачительный прапорщицкий мундир. Только ранение у жалкого фанфарона было не в руку, а в ногу. Вот и вся разница.

Разозлился на себя. Сорвал перевязь. Лайковую перчатку стянул с руки, отшвырнул в угол комнаты.

Глупости это были. Последний щенячий писк былого Алеши Романова, романтичного мальчика, обожавшего эффектность.

Вспоминать противно. Тот дурак верил в любовь и думал, что жизнь создана для счастья. А у жизни цель совсем другая — смерть, и это неопровержимо, как теорема Пифагора. Под вопросом только два обстоятельства: когда и ради чего. Всё остальное второстепенности.

Большинство людей очень боятся самого перехода через смертный рубеж, и этот физический страх заставляет их всеми силами цепляться за жизнь. Но Алексей на том рубеже уже побывал, ничего особенно пугающего не обнаружил.

Человек, преодолевший главный из страхов, начинает чувствовать себя неуязвимым. Ему хочется драться и побеждать. Очень хорошо, что войне не видно конца. Пусть бы она продолжалась вечно.

Однако Романов провоевал достаточно, чтобы понимать: одного бесстрашия для победы мало, потребно умение. Войне надо учиться. Контрразведка такая же дисциплина, как алгебра или тригонометрия, — здесь тоже свои формулы, уравнения, правила. Не будешь их знать назубок, завалишься на первом же экзамене.

Алексей хотел стать настоящим профессионалом, был готов учиться. А тут, на счастье, по инициативе генерала Жуковского открылось невиданное учебное заведение — специальные курсы для офицеров-контрразведчиков, которых так не хватало и на фронте, и в тылу.

Пришлось пройти еще одну медицинскую комиссию, главным в которой был врач-невропатолог. От сотрудников контрразведки требовались особенные качества: подвижность ума, устойчивость психики и крепкие нервы.

В недозастрелившегося прапорщика врач вцепился, как лис в цыпленка. Драл зубами, рвал когтями, щипал — и отступился ни с чем. В заключении написал, что психика у А. Романова аномальная, однако укреплять ему нервы незачем, скорее их не мешало бы размягчить. Стреляться А. Романов больше не будет — разве что из-за нежелания сдаваться врагу живьем. Начальство рассудило, что для контрразведчика такая «аномалия» в самый раз, и прапорщик был немедленно зачислен в школу. Там его учили немецкому языку, шифровке и дешифровке, принципам работы с агентами, психологии допроса, рукопашному бою по французской, китайской и японской методикам, стрельбе из всевозможных видов оружия и другим полезнейшим вещам.

Прошла весна, миновала бо́льшая часть лета, учеба близилась к окончанию. Алексею не терпелось применить новообретенные знания на практике. На некоторых курсантов уже пришел вызов — кому с германского фронта, кому с австрийского, кому с турецкого, некоторым из военно-морского флота.

Сегодня вызвали и прапорщика Романова. Телефонограммой. Не куда-нибудь, а к самому Жуковскому.

Большие надежды

Трехэтажное здание с кокетливой лепниной. То ли средней руки гостиница, то ли доходный дом. Но у входа часовой, вдоль тротуара — ряд автомобилей и пролеток. И умеренно строгая, черно-золотая вывеска: «Штабъ Отдельнаго Жандармскаго Корпуса».

Внутри треск пишущих машин, жужжание телеграфных аппаратов, перестук каблуков. Однако никакой суеты, спешки, тем более нервозности. Каков поп, таков и приход.

С «попами» российским «приходам» везет редко. Жандармский корпус являлся счастливым исключением. Назначенный перед самой войной генерал-майор Жуковский политическим сыском заниматься не стал, справедливо рассудив, что жители воюющей державы перед лицом общей опасности на время забудут о своих разногласиях. Главной задачей новый командир считал, во-первых, противодействие германско-австрийскому шпионажу, сеть которого густо пронизала все тело беспечной Российской империи, а во-вторых, организацию собственной агентурной разведки.

Пришлось начинать почти с нуля, но энергия цепкого Владимира Федоровича своротила горы. Еще минувшей осенью командиру Жандармского корпуса вверили контроль над военно-разведочным управлением Генерального штаба, так что теперь все специальные службы империи находились под единым руководством.

В тылу борьбой со шпионажем занимались губернские жандармские управления. На театре военных действий дело было устроено иначе. При генерал-квартирмейстере каждого фронта появилось разведочно-контрразведочное отделение, которым руководил подполковник генерального штаба при двух помощниках — генштабисте, ведавшем разведкой, и жандарме-контрразведчике. Такие же органы существовали в каждой из армий.

Счет выловленных шпионов в тылу шел на сотни, во фронтовой полосе — на тысячи. А лучшим комплиментом разведывательной агентуре Жуковского стало примечательное событие: немецкому Генштабу пришлось учредить специальное отделение по борьбе с русскими шпионами.

Борьба спецслужб шла еще не на равных — у германцев было больше опыта и ресурсов, но все-таки это уже не напоминало драку слепого со зрячим, как в первые недели войны.

Поднимаясь по лестнице в бельэтаж и посекундно козыряя встречным военным (все они были старше чином), Алеша гадал, какое назначение сейчас получит и почему генерал решил удостоить какого-то прапорщика личной аудиенцией. Это было лестно. Знать, не забыл Владимир Федорович про швейцарскую эпопею. Вероятно, хочет отправить на какой-нибудь ответственный участок фронта, да еще с особенным заданием или, чем черт не шутит, с чрезвычайными полномочиями. А что такого? Звание хоть и маленькое, но в разведке и контрразведке людей ценят не по звездочкам — по заслугам. Заслуги же у Романова имелись.

Он примерно догадывался, куда его могут послать.

Судьба войны и всего российского государства сейчас решалась на Юго-Западном фронте, который уже четвертый месяц пятился под напором германцев, неся гигантские потери. Пали Перемышль, Львов, Варшава. Ключевой пункт обороны, Новогеоргиевская крепость, в блокаде. Россия потеряла почти треть промышленности, тыловые коммуникации запружены беженцами — на восток хлынуло десять миллионов человек.

В армию непрерывно идут эшелоны с пополнениями, но компенсировать чудовищную убыль штыков невозможно. Любая другая держава рассыпалась бы в прах, разом лишившись двух с лишним миллионов солдат убитыми, ранеными и пленными. А Россия трепетала, стонала, но пока держалась. Лишь откатывалась, откатывалась все дальше на восток под ударами германского стального кулака. Ходили слухи, что великого князя Николая Николаевича вот-вот снимут с должности и что обязанности верховного главнокомандующего примет сам государь. Если уж монарх считает своим долгом в этот тяжкий для родины час быть на фронте, то боевому офицеру и Бог велел.

А вдруг назначат прямо в Ставку? Заниматься не тактической, а оперативной разведкой? Хотя и тактическая, на уровне армии или корпуса, тоже интересно!

Адъютант просунул голову за кожаную дверь:

— Ваше превосходительство, прапорщик Романов.

Густой бас нетерпеливо потребовал:

— Сюда его! Живо!

Вот как? Даже «живо»?

В начальственном кабинете

Обширный кабинет, по которому сразу видно, что он обустроен не для парадности, а для работы. На огромном столе аккуратные стопки папок и бумаг, разложенные по какому-то неочевидному, но строго соблюдающемуся принципу. Телефонные аппараты. Истыканные флажками карты, причем не только фронтов, но всех частей империи — будто и там тоже идут бои. Фотографический портрет императора — маленький, но зато с собственноручной надписью. Встроенный в стену сейф. Из личных вещей, по которым можно было бы судить о пристрастиях обитателя, только теннис-

ная ракетка. Про командира известно: иногда играет с адъютантом в эту английскую игру — не для разрядки, а для концентрации мысли. И будто бы некоторые самые блестящие идеи приходят в голову его превосходительству именно в момент звонкого удара ракетки по мячу. Возможно, впрочем, что и выдумки.

Хозяин кабинета по-свойски помахал молодому человеку рукой: без церемоний, входите-садитесь.

Перед начальственным столом в креслах сидели двое военных. Одного из них, немолодого подполковника, Алексей видел впервые. Вторым был Лавр Козловский, который в последнее время состоял при командире Жандармского корпуса офицером-координатором от военной контрразведки. Ротмистр улыбнулся, шевельнув по-тараканьи торчащими усами, сказал бестактность:

— А вот и наш декадент.

Кинув на приятеля сердитый взгляд (шутки по поводу самоубийства давно обрыдли, а уж поминать прошлое при высоком начальстве — вообще свинство), Романов доложил о прибытии и скромно сел возле длинного стола для совещаний. Фуражку положил на зеленое сукно, руки сложил по-гимназически, перед собой. Только предварительно тронул крест на груди, чтобы покачался. Это означало: приказывайте, ваше превосходительство, всё исполню, но не забывайте, что перед вами боевой офицер, место которого на фронте.

Всех этих тонкостей Жуковский, похоже, не заметил.

— Как учеба, юноша? — спросил он по-домашнему. — Грызите гранит, грызите. Потом дадите нам, неучам, форы.

Он рассматривал прапорщика с улыбкой и вообще выглядел ужасно довольным.

На реплику об учебе отвечать не требовалось — по тону было ясно, что это не вопрос, а так, приветствие. Романов тоже вежливо улыбнулся и попытался применить знания, почерпнутые на лекциях по практической психологии. Генерал и ротмистр веселые, оживленные, а незнакомый офицер сидит хмурый, с почерневшим от горя лицом. Что это может означать?

Алексей окинул подполковника быстрым профессиональным взглядом.

Артиллерист. Значок Академии генштаба. Невысок и некрупен, но ладно скроен. Маленькие красивые руки нервно трутся одна о другую. Черты правильные, даже красивые. Острая бородка с легкой проседью, породистый нос, на лбу резкая вертикальная морщина — признак воли и характера. Но почему блестят глаза? Будто с них только что смахнули слезу.

Очень странно. Уж не арестованный ли это?

Разъ! Два! Горе не бѣда!
Канареечка жалобно поетъ!
Солдатская пѣсня

Но следующая фраза генерала разрушила эту интересную версию.

— Подполковник, вот офицер, которому мы поручим наше деликатное дело. Прапорщик Романов. Кандидатура просто идеальная. Артистичен, находчив, бывал в переделках. И возраст именно такой, как надо.

Трагические глаза артиллериста так и впились в лицо Алексея — в этом взгляде читались мучительное сомнение и надежда. Сказано, однако, ничего не было — подполковник ограничился кивком.

— Знакомьтесь, — обратился Жуковский теперь уже к Романову. — Это подполковник Шахов из Главного артиллерийского управления. Тут вот какое дело... Козловский, давайте вы.

— Слушаюсь. — Козловский повернулся к товарищу, и Алеша увидел, что физиономия у ротмистра не очень-то веселая, а скорее возбужденная. Глаза блестят, ноздри раздуваются — прямо рысак перед призовой скачкой. — Я, ваше превосходительство, коротко.

— Не надо коротко. Рассказывайте подробно. Послушаю еще раз.

— Как прикажете...

Но говорить долго князь в любом случае не умел, да еще в присутствии высшего начальства. Он откашлялся.

— Некоторое время назад к нам поступили агентурные сведения, что немецкий Генштаб имеет доступ к секретным сведениям из Артуправления. Мы провели тайную проверку. Выяснилось, что некоторые старшие офицеры завели привычку брать секретную документацию домой...

Шахов воскликнул:

— А что прикажете делать? Очень много работы. Приходится заканчивать дома, по вечерам. Конечно, это нарушение...

Как странно: человек с тремя большими звездами на погонах оправдывается перед прапорщиком, подумал Алексей.

Генерал Жуковский обладал слишком живым характером, чтобы долго довольствоваться ролью пассивного слушателя. Он махнул князю: ладно, не мучайтесь, я сам — и с удовольствием продолжил рассказ. Получилось совсем удивительно, будто перед чахлой звездочкой отчитывается целое созвездие Большой Медведицы.

— Проще всего было бы запретить эту опасную практику, и дело с концом, но я распорядился иначе. — Владимир Федорович вкусно улыбнулся. Считалось, что он похож на бульдога (его за глаза так и называли), но сейчас генерал напоминал большого круглоголового кота, который приволок дохлую мышь и очень собою горд. — Нужно ведь не только пресечь утечку, но и установить источник. Это самое главное. Наши химики предложили тайно покрыть документы неким составом, который реагирует на фотоблиц — как известно, без вспышки документ качественно не снимешь. Результата долго ждать не пришлось. Негласная проверка показала, что чертеж новой 76-миллиметровой пушки, с которым работает подполковник Шахов, подвергся фотографированию. Ну а дальше продолжит подполковник — сведения всегда лучше получать из первоисточника.

— Слушаюсь, ваше превосходительство... Позавчера я вернулся домой в девятом часу. Работал с чертежом до полуночи. Прислуге в это время входить в кабинет запрещается. Закончив работу, запер чертеж в сейф. У меня дома сейф. Как у всех сотрудников управления, кому дозволено брать работу домой.

Рассказ давался артиллеристу тяжело, и чем дальше, тем труднее. Шахов все больше бледнел, смотрел вниз, но голосом не дрожал и не сбивался — твердости этому человеку было не занимать.

— ...Вот, собственно, всё, что случилось позавчера... Поэтому, когда вчера меня вызвали на допрос, это было как гром среди ясного неба... Я не мог объяснить, кто и когда мог сфотографировать чертеж. А когда выяснилось, что... — Он издал странный квохчущий звук. — Прошу извинить, господа. Сейчас продолжу. В горле что-то... Вы позволите, ваше превосходительство?

Жуковский сам налил ему из графина и продолжил за артиллериста:

— В общем, наши агенты провели обыск у господина Шахова в кабинете. Установили, что сейф открывали только ключом, никаких следов взлома или вскрытия. Тогда с помощью подполковника реконструировали детальный хронометраж событий позавчерашнего вечера. Установили, что единственным посторонним лицом, входившим в кабинет, когда чертеж еще не был помещен в сейф, была дочь подполковника, девица двадцати двух лет.

Командир взглянул на Шахова, словно проверяя, справился ли тот с нервами и может ли дальше рассказывать сам. Теперь Алеша начинал понимать состояние этого немолодого и, очевидно, заслуженного офицера.

— Да, Алина принесла мне чаю... Должен сказать, что она нечасто балует меня такими знаками внимания, и я всякий раз бываю очень рад... Дочь вообще по вечерам редко дома... А тут была приветлива, даже мила. Мы славно поговорили — она задержалась в кабинете, даже, представьте, отпивала из моего стакана, — сказал Шахов и сам смутился. — Вам трудно понять, как много для меня это значит... Ладно, неважно. Важно, что Алина оставалась в кабинете, когда я отлучался, пардон, в уборную... Конечно, чертеж при этом в сейф не запирал, в голову не пришло... Но мог ли я вообразить? — Подполковник скрипнул зубами, сердито потер кулаком глаза. — Ради бога простите. Расклеился, как баба.

Никакого сочувствия к отцовскому горю генерал не проявил. Он сделал рукой хватательное движение, словно поймал в воздухе комара или муху.

— Отлучка подполковника в ватер-клозет — единственный момент, когда документы могли быть сфотографированы. Никаких сомнений: это сделала мадемуазель Шахова. Расскажите-ка про фотоаппарат.

— Я подарил дочери портативный «кодак» по случаю окончания гимназии, тому три года. Одно время Алина очень увлекалась фотографией, и у нее недурно получалось. Потом утратила интерес... Она утратила интерес ко всему...

— Вот редкий случай, когда картина преступления может быть восстановлена полностью, — подытожил Жуковский. — Девица Шахова от кого-то (предположительно от резидента) знала, что в этот день отец принесет важный документ, и потому осталась дома. Спрятать портативную фотокамеру и блиц под одеждой нетрудно. Произвести снимок — дело одной минуты. После реконструкции событий я распорядился произвести тщательный обыск в комнате у барышни, благо она отсутствовала.

— Да, это тоже необычно, — хмуро сказал подполковник. — Алина всегда у себя часов до пяти-шести пополудни, а вчера — горничная рассказала — ушла вскоре после меня.

— Вот именно. В шифоньере, под нижним бельем, мы нашли фотопластину, на которой запечатлен чертеж орудия — снимок превосходного качества. Вот, Романов, каковы исходные условия задачи. Ну-с, господин курсант, как бы вы стали действовать дальше?

Генерал с веселым любопытством воззрился на прапорщика.

— Есть два способа, ваше превосходительство. Можно оставить фотопластину на месте и проследить за девушкой, чтобы установить ее контакты. Но я бы поступил еще проще: взял бы Алину Шахову и допросил. С такими доказательствами она не отвертится. Интеллигентная барышня — очень легкий материал для хорошо подготовленного следователя, — сказал Алексей с высоты обретенных на курсах знаний. — Здесь должен быть какой-то излом личности. Тут ведь не просто шпионаж, а предательство родного отца. Если нащупать эту психическую трещину, объект расколется на половинки, как грецкий орех.

Командир корпуса переглянулся с Козловским, который ободряюще подмигнул молодому человеку. Очевидно, той же логикой руководствовалось и премудрое начальство.

Слушайте, если хотите,
пѣсню я вамъ спою
и в звукахъ пѣсни этой
открою всю душу свою.
муз. и сл. Н. Шишкина

— Допрашивать ее смысла нет, — сказал генерал. — Этот путь в данном случае малоперспективен. Мадемуазель Шахова может быть слепым орудием немцев. Делает то, что ей велят, а знать ничего не знает.

— Уж что-то она наверняка знает. Есть же у нее глаза, уши, голова на плечах, — позволил себе возразить Романов. Его учили, что на аналитическом совещании субординацию соблюдать не обязательно. Если младшему по званию приходит на ум дельная мысль или контраргумент — высказывай, не молчи.

Жуковский покачал головой:

— У людей этого склада наблюдательность понижена, любопытство отсутствует, а умственная энергия направлена лишь в одну сторону. Им лишь бы получить то, что им потребно, всё остальное не имеет значения.

Этого Алексей не понял и поглядел на генерала вопросительно. Но ответил Шахов:

— Алина наркоманка. Морфинистка. Это продолжается уже второй год. Врачи ничего не могут поделать... — Подполковник глядел вниз, на пол. — ...Понимаете, на нашу семью прошлой весной обрушились несчастья, одно за другим. Сначала лопнул банк, в котором хранились все наши средства. Вскоре после этого скончалась жена... Я бесконечно виноват перед Алиной. Бывает, что общее горе сближает, а бывает, что и разделяет... Если каждый пробует справиться с ним в одиночку. Я пытался забыться делами службы, благо объявленная мобилизация, а затем и война давали такую возможность. Сутками просиживал в управлении, да поездки на фронт, да командировки на заводы... Алина оказалась предоставлена сама себе. Я ее бросил в беде одну... А она тоже обнаружила свой способ забыться. Связалась с декадентской компанией. Пристрастилась к кокаину, потом к морфию. Было две попытки самоубийства...

Подполковник сделал над собой усилие, поднял голову. Да ему нет и пятидесяти, подумал Алеша. Морщины на лбу, глубокие тени в подглазьях, преждевременная седина и убитый вид состарят кого угодно. При таких обстоятельствах неудивительно.

— Она прошла несколько курсов лечения в клинике Штейна. Это здесь рядом, у Таврического сада, — пояснил Шахов, словно местонахождение клиники имело какое-то значение. — Я знал, что дела плохи, врачи меня не обнадеживали... Но разве я мог подумать...

Тут он вдруг с силой ударил себя кулаком по лбу.

— Что я несу? Будто напрашиваюсь на жалость и снисхождение! Меня нужно гнать со службы. С позором, с судом. Я нынче же сам подам рапорт!

— И оборвете нить, которая ведет к немецкой шпионской сети, — сурово сказал Жуковский. — Мы это уже обсуждали, не будем повторяться. К делу, господа! Ротмистр, излагайте план.

План был логичен и прост: использовать Алину Шахову как наживку на крупного зверя.

— Фотопластину мы, конечно, оставили в шифоньере, — рассказывал Козловский. — Вернее, положили на ее место другую, сделанную со специально искаженного чертежа. Установили наружное наблюдение. Горничную заменили на нашу агентку. Так что барышня находится под постоянным присмотром, что дома, что на улице.

Романов поднял руку, как на занятии:

— Можно? Два вопроса. Не покажется ли Шаховой подозрительным смена прислуги?

— Не уверен, что она это заметит, — горько ответил подполковник. — Иногда мне кажется, что она вообще на нас, домашних, не смотрит. К тому же я часто меняю горничных. Они долго не выдерживают... атмосферы, — не сразу подобрал он слово.

— Тогда, с вашего позволения, второй вопрос. Почему Шахова вчера оставила пластину дома? Если она встречалась с резидентом, то должна была захватить добычу с собой.

Генерал покивал:

— Правильный вопрос, Романов. Мы это обсуждали и нашли объяснение. Разведка часто использует в агентурных целях наркоманов, но этот элемент крайне ненадежен. Обыкновенно их держат на положении экстернов.

— Простите, кого? — вздрогнул Шахов.

— Не ординарных агентов, состоящих на постоянном жаловании, а экстернов, которых используют от случая к случаю. Причем чаще всего втемную. Платят сдельно: есть добыча — есть оплата. Иначе у наркомана нет стимула проявлять активность. Размер гонорара каждый раз определяется особо, в зависимости от ценности улова. Вчера Шахова встречалась со своим заказчиком, чтобы описать трофей и сторговаться о вознаграждении. Передача же, судя по всему, произойдет сегодня.

— Тогда уж и третий вопрос, ваше превосходительство...

— За каким чертом нам понадобился прапорщик Романов? — не дал ему договорить генерал, рассмеявшись. — Это князя благодарите. Его идея.

Козловский снова подмигнул, словно давая понять, что его и в самом деле не грех отблагодарить.

— Понимаешь, Лёша, за девицей следят дома и на улице. Но этого мало. Нужно проникнуть в ее компанию, выявить все связи. По счастью, она мало где бывает. Ходит в одно и то же место. В клуб-кабаре «Дети Луны». Там собирается особая публика, затесаться в которую не так-то просто. Обычному агенту задача не по плечу.

— Что за публика? — настороженно спросил Романов. От Лавра Козловского можно было ожидать каких угодно сюрпризов.

Опасения немедленно подтвердились.

— Отчаянные декаденты вроде тебя. Любители выть на Луну, стреляться, вешаться и все такое.

— Господин ротмистр! — Романов вспылил, даже приподнялся со стула. — Сколько можно?!. Простите, ваше превосходительство.

И сел обратно, под хихиканье князя и пофыркиванье генерала. Лишь Шахов не присоединился к веселью.

— Ваше превосходительство, — тихо, но с нажимом сказал он. — Позволю себе напомнить: вы обещали обеспечить Алине надежную защиту.

Жуковский посерьезнел.

— Прапорщик, тут еще вот что. Если немцы узнают, что Алина Шахова раскрыта... Ну, вы понимаете. Возможно, захотят обрубить концы. Во всяком случае, это было бы логично. Ваша задача не только обнаружить контакт, но и обеспечить безопасность девушки.

Подполковник поднялся, подошел к Алексею и заглянул ему в лицо. В глазах Шахова (теперь Романов отчетливо это разглядел) горело безумие.

— Молодой человек, я умоляю вас! Алиночка государственная преступница, но... это моя девочка! Сберегите ее! Она несчастна, она больна! Если с ней что-нибудь...

И не договорил, отвернулся. Подполковника бил кашель.

П{: }асмурный августовский вечер. Белесые тени за окном пустой квартиры в конце Большого проспекта на Васильевском острове. Из обстановки только стул да несколько ящиков. В углу большой ворох разноцветной одежды, будто украденной из театральной гримерки: балахоны, широченные блузы, широкополые шляпы, шутовские колпаки, маскарадные личины. Струйка голубого дыма из переполненной пепельницы.

— ...Без тебя знаю, что эгофутуристы и декаденты не одно и то же, — огрызнулся князь, взбивая Алексею короткие волосы проволочной щеткой. — Не нужно считать меня солдафоном. Но шушера, которая собирается в этом кабаре, вроде как сама по себе. Не вполне декаденты и враждуют с футуристами. Они называют себя «эпатисты». Только не спрашивай меня, что это такое и в чем суть. Эпатировать буржуазную публику, наверно, хотят. Кабак действительно оригинальный. Сам увидишь. Разодеты все — парад мертвецов, бунт в сумасшедшем доме.

— Поэтому ты и нарядил меня пугалом?

Из кучи тряпья ротмистр, собственноручно готовивший Романова к внедрению, выбрал хламиду ядовитого желтого цвета, штаны в красно-зеленую полоску и мушкетерскую шляпу с облезлым пером. Оставалось лишь удивляться, откуда в реквизитной Жандармского корпуса взялась подобная дрянь.

— Боюсь, недостаточно. — Козловский смотрел на дело своих рук с сомнением. — Знаешь, что такое дресс-код и фас-контроль?

— Это когда в дорогом ресторане или клубе встречают по одежке. Кто неприлично выглядит — от ворот поворот.

— Вот-вот. Только у «Детей Луны» всё шиворот-навыворот... Нет, чего-то не хватает... Саранцев! — крикнул ротмистр в сторону кухни, где сидели филеры. — Сколько у нас времени? Где объект? Донесения были?

Из коридора выглянул старший филерской группы Саранцев, самый опытный из сотрудников Козловского.

— Только что Зайкин звонил, ваше благородие. С Николаевской набережной. Там близко 4-е почтово-телеграфное отделение, так он догадался с платного телефона позвонить. Говорит, девица сидит, на воду смотрит. Сорок минут уже.

— Никто к ней не подходил?

— Пока нет.

Романов с отвращением потрогал торчащие дыбом волосы.

— Может, зря ты меня уродуешь? Скорее всего у Шаховой встреча с резидентом там, на набережной, и назначена.

— Хорошо бы, конечно. Там его ребята и взяли бы. Только вряд ли. — Козловский вздохнул. — Это у девчонки привычка такая. Вчера тоже, прежде чем в клуб прийти, битый час сидела, на реку смотрела. Да и не дураки немцы устраивать рандеву на открытом месте. Встреча будет в кабаре, это точно... Что бы на тебя еще такое нацепить?

Он прохромал к реквизиту, стал раскладывать одежду на полу, больше было негде.

Квартиру для проведения операции сняли сегодня и никак не оборудовали, только телефон протянули. Ни мебели, ни черта — хоть в кегли на полу играй. Зато из окна видно клуб «Дети Луны», унылое здание складского типа. На красном кирпиче фасада большими буквами по-русски и по-немецки начертано:

«Т-во БЕКЕРЪ
С.-Петербургъ — Берлинъ
Рояли, пианино, пианолы»

Алеша уже знал, что раньше, до немецких погромов, там действительно находился склад музыкальных инструментов. В столице многие заведения, раньше принадлежавшие германским и австрийским фирмам, теперь сдаются за бесценок.

— Арендный договор заключен полгода назад, на имя владельца кабаре. Про него я тебе еще не рассказывал...

Времени на подготовку к операции было мало, поэтому экипировку приходилось совмещать с инструктажем и введением в курс дела.

— Это субъект из породы людей, кому сейчас раздолье. Сам знаешь, сколько на Руси-матушке развелось любителей половить стерлядку в мутной воде. Откуда их столько повылазило! Владелец этого вертепа в мирной жизни был антрепренером и импресарио всяких-разных затей легкого жанра. Оперетки, буффонадки, антрепризки и прочее подобное. Подвизался все больше в глубинке, где публика попроще. Теперь же заделался иностранцем. Уругвайско-подданный. Или парагвайско? Я читал сводку, да запамятовал. В общем, что-то знойное, южноамериканское.

— Правда? — заинтересовался Романов, никогда не видавший живых уругвайцев и тем более парагвайцев. — У них там какой язык — испанский?

— Наверно. Но этот господин вряд ли знает по-испански хоть слово. Он такой же парагваец, как мы с тобой. За месяц, прошедший между выстрелом в Сараеве и объявлением всеобщей мобилизации, кое-кто из жителей Российской империи сообразил поменять подданство. Консулы некоторых нейтральных стран сделали на этом неплохую коммерцию.

— Этот тип стал южноамериканцем, чтобы не идти в армию?

— Разумеется. Одни в окопах гибнут, другие жиреют. Как солдаты говорят: кому война, а кому мать родна.

— А как его зовут?

— Смотря где. Черт! — Козловский решил украсить наряд «эпатиста», стал пришивать к рукаву золотую бумажную звезду, но с иголкой управлялся неважно и уколол себе палец. — ...В «Детях Луны» его зовут Каином. Там почти у всех какие-нибудь дурацкие прозвища, одно инфернальней другого. Одевается господин Каин соответственно: черный фрак с красной подкладкой, черная полумаска. Но «Дети Луны» не единственное его предприятие. У него есть кабаре «Ше-суа» — совсем в другом роде: безо всякой декадентщины, развеселое, для неизысканной, но денежной публики. Там он обычно носит розовый смокинг с искрой и зовется «дон Хулио». А еще прохиндею принадлежит ресторан — то есть, пардон, *трапезная* «Русь святая». Это заведение для патриотической публики, близ Таврического дворца. Туда ходят депутаты из крайне правых, много офицеров, военных чиновников. В «Руси святой» владельца называют «Ульян Фомич» (между прочим, это его настоящее имя-отчество), и носит он френч военного покроя.

— Зачем ему все это?

— Ну как же? Декадентствующие детишки при деньгах, среди них много золотой молодежи, которая бесится со скуки. Кабаре «Ше-суа» — предприятие тем более выгодное. А патриотическая трапезная обеспечивает нашему дону Хулио хорошую защиту. Полиция пыталась привлечь его к ответу за шалости по части сухого закона. Как бы не так, за парагвайского Ульяна Фомича заступились влиятельные покровители.

Князь щелкнул пальцами:

— Идея! Я знаю, чего тебе не хватает, чтобы стать настоящим эпатистом!

Он проковылял к реквизиту, взял небольшой ящичек, в котором лежали тюбики и кисточки.

— Ты что, Лавр? Решил живописью заняться?

— Почему «решил»? — Ротмистр ловко давил на палитру краски. — Три года отзанимался. Я, Лешенька, ходячее кладбище разнообразных художественных талантов. Матушка мечтала вырастить меня тонкой артистической натурой. Как я играю на рояле, ты слышал.

— Довольно паршиво.

— Это ты еще не видел меня танцующим. Учителя рыдали и отказывались от двойной оплаты. На полковых балах дамы бледнели, когда я их приглашал на вальс или мазурку. Но спасибо хромой ноге, с танцами покончено. — Козловский рассматривал прапорщика с видом Микеланджело Буонаротти, готовящегося отсечь от глыбы мрамора всё лишнее. — В живописи я преуспел больше, чем в музыкальных искусствах. Особенно мне удавались сеансы с натурщицами. Я тебе как-нибудь нарисую ню — пальчики оближешь. В училище и в полку это умение снискало мне большую популярность среди товарищей.

Влажная кисточка запорхала по Алешиному лбу.

— Щекотно!

— Не дергайся! ...Вот теперь то, что надо, — удовлетворенно объявил князь. — Хоть на салоне выставляй. Эй, Саранцев!

Притопал старший филер.

— Как тебе?

Саранцев почмокал губами.

— Подходяще. Талант у вас, ваше благородие.

— Где тут зеркало? — нервно спросил Романов, поднимаясь.

Но зеркала в пустой квартире не было.

А тут и телефон зазвонил.

— Ваше благородие, снова Зайкин. Девица идет по Девятнадцатой линии в сторону Большого проспекта! Наши ее ведут!

— Спускаемся в подъезд!

Последние инструкции ротмистр давал уже на лестнице.

— ...Ну а если что, просто пали в потолок. Услышим выстрел — через минуту будем. И помни: главное для тебя не Шахова, а ридикюль. Глаз с него не спускай!

Было всё очень просто,
Было всё очень мило...
муз. Б. Мерцальникова, сл. И. Сѣверянина

Фас-контроль

П одъезд небогатого дома, где квартируют мелкие чиновники, приказчики, портовые служащие. Чисто, но обшарпанно, и ничего лишнего: ни лепнины, ни медных блях на перилах, на потолке не люстра — обычная лампочка, да и ту филеры вывернули, чтоб нельзя было заглянуть с улицы. В подъезде сумрак, торопливый разговор вполголоса.

— ...Врач из больницы Штейна, где лечат нервнобольных, алкоголиков и наркоманов, про Алину Шахову рассказал следующее... Сейчас, я в книжке записывал... Не видно ни черта! Подвинься, Лёша, свет загораживаешь. «Извращенно-акцентуированная личность. Типичный продукт нынешней моды на имморализм. Неизлечима и не желает излечиваться». В общем, девица не подарок. Писхиатр сказал, что рано или поздно она себя обязательно угробит. Снова вскроет вены или снотворного наглотается. Если до того не окочурится от слишком большой дозы морфия.

Козловский говорил и посматривал в стекло. Шахова должна была появиться слева и пройти аккурат мимо двери подъезда. Чтобы не вызывать лишнего любопытства соседей, князь оделся бедненько-скромненько, в паршивую тройку с бумажной манишкой, засаленный котелок, стоптанные штиблеты.

— Идет!

Он отпрянул в тень.

Мимо — Алеша едва успел рассмотреть — процокала каблучками барышня, похожая на экзотическую птицу. Что-то очень тонкое и ломкое, в черных перьях и крылообразной пелерине. Глаза резануло нечто ярко-оранжевое — кажется, боа.

— Видал? Ридикюль она держит под мышкой, — прошипел ротмистр. — Фотопластина спрятана за подкладкой. Горничная обнаружила. Ты понял, что ридикюль — главное? Das Fisch* клюнет на него.

— Понял, понял. Ну, я пошел.

Выскользнув из двери, Алексей декадентской, то есть вялой и разболтанной походкой двинулся по направлению к бывшему складу роялей.

Прохожие от него шарахались.

— Мама, гляди, клоун! — радостно пропищал мальчуган. Мамаша дернула его за руку.

Бабка в платке перекрестилась:

— Оссподи, страсть какая!

----

* Рыбка (*нем.*).

Романов оглянулся на подъезд, где в окошке торчала усатая физиономия князя. Тот показал большой палец: не робей, всё отлично.

Ну, поглядим.

Под скорбными готическими буквами покойной фирмы «Бекер» висела другая вывеска, украшенная разноцветными лампочками.

«ДѢТИ ЛУНЫ»
КЛУБЪ-КАБАРЕ

Под названием — изображение воющих на луну волков, каких-то могилок с крестами. Ниже вкривь и вкось выведено: *«Оставь надежду всякъ сюда входящiй!»* И, будто этого мало для отпугивания посетителей, перед входом еще торчал огромный рогатый-хвостатый черт в черном трико со страшными, налитыми кровью глазами. Он, видно, и решал, кого пускать в клуб, а кого нет.

Девица Шахова не устрашилась адского создания, прошелестела мимо него своими размашистыми юбками, не задержавшись, а черт приветственно помахал ей ручищей.

Следом к дверям приблизились еще двое. Молодой человек в сутане до пят и остроконечной шляпе, над которой реял воздушный шарик, вел за руку девицу в платье из рыболовной сети, увешанной не то настоя-

Вашъ чорный карликъ цѣловалъ вамъ ножки.
Онъ съ вами былъ такъ ласковъ и такъ милъ.
Муз. А. Вертинскаго, сл. Н. Тэффи

щими, не то марлевыми водорослями. На распущенных волосах русалки белел венок из кувшинок. Ни в одно мало-мальски приличное заведение такую парочку не пустили бы, а черт сказал им (Романов был уже недалеко и услышал):

— Здравствуй, брат. Здравствуй, сестра. Заходите.

Но когда двое совершенно презентабельных господ в хороших визитках и котелках, заинтригованные вывеской, попробовали войти, поперек дверного проема косо лег трезубец.

— Шли бы вы отсюда, — мрачно сказал черт. — Нечего вам тут делать.

— Это почему еще? — захорохорился один из мужчин, но посмотрел снизу вверх на нехорошие глаза привратника и попятился.

— Плюнь, Мишель! — тянул его второй. — Это какой-то шалман. Охота тебе сидеть с хамьем? Тут за углом есть кафешка — прелесть.

Ушли.

Алексей приблизился к суровому стражу не без трепета. Вдруг не пропустит? Что же тогда, вся операция к черту?

Но двухметровый громила, окинув Романова взглядом, дружелюбно прогудел:

— Добро пожаловать, брат.

В зеркальном стекле двери прапорщик наконец увидел свое отражение и вздрогнул.

Под мушкетерской шляпой, прямо посередине лба, очень натурально был нарисован широко раскрытый глаз.

Операция начинается

П рямоугольное помещение с некрашеными стенами. Они задрапированы тканью, но голый кирпич высовывается из-под нее то здесь, то там. Бывший склад превращен в кабаре с минимальной затратой времени и средств: в одном конце соорудили небольшую сцену; поставили столики; всюду, где только возможно, понавесили портьер и кривых зеркал.

Занавеси колышутся и шуршат, зеркала бликуют огоньками и искажают представление о пространстве. Шорох, сумрак, фальшь, тихий смех и громкий шепот.

Прапорщик Романов постоял у входа, укрывшись в тени бархатной шторы цвета венозной крови. Оглядел район предстоящих боевых действий.

Народу в зале было довольно много. Выглядели все — кошмар и ужас. В нарядах преобладала могильная и потусторонняя тематика. Неподалеку в зловещем одиночестве сидел субъект, наряженный палачом: красный обтягивающий костюм, остроконечный колпак с дырками для глаз, кожаные перчатки с раструбами. Еще эффектнее выглядела компания, изображающая собою не то скелетов, не то рентгеновские снимки. У каждого на черной рубахе нарисованы кости грудной клетки, вместо лиц — маска Адамовой головы. Впрочем, у некоторых посетителей рожи были такие, что и без маски смотреть жутко. Бледные, с ввалившимися щеками, кривыми ртами, погасшими взглядами. Должно быть, тоже пациенты клиники Штейна, предположил Алексей, высматривая девицу Шахову.

Вон она где, красавица. Сидит одна за столом, расположенным в самом центре. На скатерти табличка «Заказанъ».

Наверху — очень кстати — люстра в виде огромного паука. Наконец можно изучить шпионку как следует, а то фотографии, предоставленные подполковником, были все старые, гимназической поры: свеженькая мордашка с наивно раскрытыми глазами, никакого намека на будущую скверную судьбу.

С тех пор мадемуазель сильно подурнела. Пухлость сменилась болезненной худобой, свежесть — синеватой бледностью. Тонкий, с горбинкой, нос ка-

Разлюби меня, покинь меня,
Доля, долюшка железная!
Опротивела мне жизнь моя,
Молодая, бесполезная.
Муз. А. Варламова, сл. А. Полежаева

жется высеченным из прозрачного льда. Губы фиолетовые (ну и помада!). В костлявых пальцах дымится длинная пахитоска. Подглазья темны. Взгляд влажный, черный, мерцающий — будто из другого мира. Шляпу барышня швырнула на стол. На длинных черных волосах переливается муаровая лента. М-да, характерная особа.

Долго торчать у входа, однако, было нельзя. Алеша увидел, что один из столиков, находящийся в удобной близости от Шаховой, свободен, и направился туда.

На сцене колыхалась долговязая певица с выбеленным лицом, по-гамлетовски держала перед собой лакированный черный череп и ныла под аккомпанемент фортепиано пряную поэзу Игоря Северянина.

> Она вошла в моторный лимузин,
> Эскизя страсть в коррэктном кавалэре,
> И в хрупоте танцующих рэзин
> Восстановила голос Кавальери...

Что должен был символизировать сверкающий череп, Алексей не понял. Вероятно, блеск и преходящесть моторных лимузинов и коррэктных кавалэров. Огни рампы радужно множились в большом кривом зеркале, тощая певица преломлялась в нем гигантской восьмеркой.

Всё в этом выморочном месте было не таким, как на самом деле. Не *было* — мерещилось.

Подошел официант, наряженный вампиром, улыбнулся размалеванным красным ртом — вроде как в брызгах крови. Протянул карту с напитками.

— Не желаешь ли чего-нибудь, брат?

— А что у вас подают?

Романов поглядел вокруг. Здесь никто ничего не ел, только пили.

— Могу предложить «Цианид», «Мышьяк», «Цикуту». Рекомендую новинку — «Крысиный яд». Клиенты хвалят.

— Давай «Цикуту», — выбрал Алексей самое дешевое (рубль семьдесят пять, дороже бокала хорошего шампанского).

Он осторожно поглядывал на шпионку, прикидывая, как бы подобраться еще ближе. Шахова сидела беспокойно. Нервно затягивалась, шарила по сторонам ищущим взглядом. Она явно кого-то или чего-то ждала. Ридикюль висел на спинке стула.

Нравы у «детей Луны» были самые непринужденные. Это прапорщик понял очень скоро.

К столику слева, где скучал манерный молодой человек в шелковом цилиндре, подсела совсем молоденькая девушка (на щеках нарисованы черные слезы) — очевидно, хорошая знакомая.

— Как поживаешь, кровосмеситель?

Романова подобное приветствие ошарашило, но франт весело ответил:

— Привет, беспутная.

Поцеловались, сели плечо к плечу, о чем-то вполголоса заворковали.

У столика справа разыгралась сценка еще удивительней. Там, наоборот, сидела одинокая девица, краше в гроб кладут, и меланхолично потягивала какую-то отраву. Подошел такой же потусторонний юноша, без приглашения сел. Алеша подумал: наверное, приятель. И ошибся.

— Мне нравится твое лицо, — сказал юноша замогильным голосом. — В нем так мало жизни. Как тебя зовут, сестра?

— Экстаза.

— А я Мальдорор.

По бледному лицу живой покойницы скользнула улыбка:

— Чудесное имя.

Тогда кавалер взял прелестницу за руку и смело впился поцелуем в восковое запястье. Протестов не последовало.

В общем и целом здешний кодекс поведения был ясен. Простота этикета, пожалуй, облегчала задачу.

Вампир принес чашу, где в янтарной жидкости плавала черная ромашка. Прапорщик недоверчиво пригубил, из чистого любопытства — и удивился. Вкусно!

— Еще одну «Цикуту» вон на тот стол, — велел Романов, поднимаясь.

Без лишних церемоний он подсел к Алине Шаховой и напористо объявил:

— Здравствуй, сестра. У тебя восхитительно злое лицо. Хочу узнать тебя лучше. Я Армагеддон, — назвался он, вспомнив имя персонажа из какой-то декадентской книжки.

Девица повернула к нему свою действительно злую, но, на Алешин вкус, ничуть не восхитительную физиономию. Выдула струйку дыма, смерила «Армагеддона» неприязненно-презрительным взглядом — будто ледяной водой брызнула.

— Привет, Арик, — сказала лениво. — Ты из Костромы?

Он сбился с развязного тона:

— Почему из Костромы?

— Ну, из Кременчуга. Из Царевококшайска. Откуда-нибудь оттуда... — Она неопределенно помахала пальцами — длинные хищные ногти блеснули синеперламутровым лаком. — ...Из провинции. Желтая блуза, дурацкая звезда на рукаве, глаз во лбу. Фи! — Наморщила нос. — Ну ничего, не переживай. Обтешешься.

И отвернулась. Ухажер не пришелся ей по вкусу. Или же (подсказало прапорщику самолюбие) ей сейчас вообще было не до ухажеров — мадемуазель ждала заказчика, чтобы передать фотопластину.

Но отступать было поздно, да и досадно. Все равно он уже, выражаясь фотографически, засветился. Через два столика Мальдорор гладил свою Экстазу по щеке, и та терлась о его руку, как кошечка. Очевидно, здесь нужно действовать понаглее.

Романов взял Алину за почти бесплотную, птичью лапку. Наклонился.

— Как тебя зовут, беспутная? Так и сорвал бы с тебя одежды...

Она выдернула руку.

— Идиот! Сиди молча или катись. Видишь на столе кнопку? Нажму — прибежит Мефистофель.

— Кто?

— Вышибала. Возьмет за шиворот и выкинет на улицу, как нашкодившего щенка. Рядом со мной сидеть нельзя. Передвинься!

Всё это Шахова проговорила, глядя в сторону — на сцену, с которой наконец ушла тоскливая певица.

Мефистофель — это, наверно, двухметровый черт, что стоит у входа, сообразил Алексей и против воли разозлился. Ну и стерва эта Алина!

— Никто не смеет так разговаривать с Армагеддоном... — угрожающе начал он, но худой палец Шаховой потянулся к кнопке, и Романов поспешно пересел на соседний стул.

Сцена с участием вышибалы ему была совершенно ни к чему.

— Ладно. Пускай между нами зияет пустота, — примирительно сказал прапорщик, довольный, что придумал такую отличную декадентскую фразу.

Но Алина вдруг приподнялась и громко захлопала в ладоши.

Хлопали всюду. Пронзительные женские голоса экзальтированно выкрикивали:

— Селен! Селен! Просим!

Электрический свет померк. Заиграла тягучая, сонная музыка. Через весь зал, рассекая сумрак, прочертился луч, от стены до стены. К концу он расширился и заполнил светом белый прямоугольник — кто-то закрыл кривое зеркало позади сцены киноэкраном.

Танец смерти

В
ыплеснувшийся из земли фонтан земли, черные комья во все стороны. Человечки с разинутыми ртами, с винтовками наперевес. Тонущий в море миноносец. Длинный ряд деревянных гробов, священник с кадилом. Травянистое поле, сплошь покрытое трупами. Пулеметное гнездо: ствол «максима» сотрясается, пулеметчик бешено разевает рот — что-то кричит. Но не

слышно ни криков, ни пальбы, ни разрывов. Лишь жур-
чит меланхоличное фортепьяно да сладко подвывает
скрипка.

Кинохроника войны заставила Алексея на несколько мгновений забыть о задании, о клубе-кабаре, о коло-
ритных соседях. Он побывал там, где убивают и уми-
рают, видел всё это собственными глазами. Он лежал
на таком поле, из его простреленного тела горячими
толчками била кровь.

Передернувшись, Романов поглядел по сторонам.
Публика заинтересованно смотрела на сцену, словно
ей показывали какой-то забавный, оригинальный ат-
тракцион.

«Эх, господа белобилетники, папенькины сыночки,
уругвайские, мать вашу, подданные, — мысленно обратился прапорщик к детям полунощного светила, —
взять бы вас всех, да в маршевую роту, да на фронт! А
барышень — в госпиталь, за ранеными ухаживать». Но
представил себе этакого Мальдорора в обмотках, со
скаткой через плечо, Экстазу в переднике с красным
крестом и сам фыркнул. Как-нибудь обойдется мед-
ведица-Россия, лесная царица, без таких защитнич-
ков. У всякого крупного зверя в шкуре водятся блохи
и прочие мелкие паразиты. Лишь бы не энцефалит-
ные клещи.

Он перевел взгляд на Шахову. Та по-прежнему ап-
лодировала, слабо и беззвучно сдвигая узкие ладо-

ни. Ее губы были растянуты в вяло-выжидательной улыбке.

Оказывается, хроника была всего лишь заставкой к номеру. Из-под рампы начал сочиться голубоватый холодный свет. Экран побледнел, картинки войны не исчезли, но превратились в призрачный фон, в задник.

На сцену под аплодисменты и крики («Селен! Селен!») плавной походкой вышел человек с неестественно длинным брезгливым лицом. Одет он был настоящим денди — черный смокинг с атласными отворотами, белая накрахмаленная рубашка. Только вместо галстука на шее толстая и грубая веревка висельника.

Человек изящно отбросил со лба длинные волосы, властно взмахнул рукой в белой перчатке, и шум в зале смолк.

Фортепьяно заиграло живее, вкрадчивей. К скрипке присоединился фагот. Но музыкантов было не видно. По бокам с обеих сторон стояли белые, разрисованные хризантемами ширмы, прикрывая вход за кулисы.

Будет петь, подумал Романов. Но висельник не запел, а протяжно, подвывая и растягивая звуки, продекламировал:

> Косит поле сорное
> Девочка проворная,
> Девочка веселая с длинною косой.

Я не знаю, кому и зачѣмъ это нужно,
Кто послалъ ихъ на смерть недрожащей рукой...
Муз. и сл. А. Вертинскаго

Из-за ширмы, подбоченясь, выплыла павушкой дева в русском сарафане. Лицо у нее было закрыто белой маской: скалящийся скелет. Девочка Смерть покружилась в танце, потянула себя за длинную-предлинную золотистую косу — и выдернула. Коса была прямая — очевидно, с металлическим стержнем. Танцовщица согнула ее на манер буквы Г и стала размашисто косить воображаемую траву.

Ага, это мелодекламация с пантомимой, понял Алексей. Модный жанр.

> Все равно ей, ветреной,
> Лопухи ли, клевер ли,
> Злаки или плéвелы, рожь или фасоль.

С другой стороны сцены появился некто в облегающем костюме из серебристой чешуи. Распластался по полу, заизвивался: то скрутится кольцом, то зазмеится ручейком, то выгнется дугой, то подкатится Смерти под ноги, то метнется прочь. Казалось, что в теле искусного мима нет костей, а если и есть, то резиновые.

> Змейка серебристая,
> Чистая, искристая,
> Увернется, выскользнет из стальных сетей.
> Лишь трава ленивая,
> Пошлая, тоскливая
> Ляжет — не поднимется. Ну и черт бы с ней.

Голос чтеца был рассеян и монотонен, сонные движения дисгармонировали с грациозным танцем Смерти и виртуозными извивами человека-змеи, но зрители смотрели только на поэта. Очевидно, он был главной здешней знаменитостью. Алексей Романов в последние месяцы был слишком занят учебой и совсем перестал следить за литературно-художественными событиями столичной жизни, однако теперь припомнил, что имя «Селен» ему где-то уже попадалось — не то в газетах, не то на уличных афишах.

> Выкосить бы начисто
> Поле. И не спрячется
> Мелочь бесполезная — тля да саранча.
> Только даль высокая,
> Только в небе соколы,
> И скликает мертвых песня трубача.

Селен всплеснул рукой — за кулисами потусторонним, мертвым зовом засолировала труба. Человек-змея изогнулся на животе, взял себя руками за носки и укатился прочь. Девочка Смерть тоже выкинула трюк: с ловкостью акробатки прошлась по сцене колесом. Из-под сарафана мелькнули стройные, крепкие ноги.

Номер окончился. Дети Луны хлопали стоя, барышни даже взвизгивали.

— Божественно! Браво, Селен! — тонко крикнула Шахова, рупором приложив руки ко рту.

А на вкус Романова, номер был оригинальный, но не более того. Честно говоря, больше всего Алексею понравились ноги танцовщицы — по крайней мере, нечто живое, земное, *посюстороннее*. Впрочем, как уже было сказано, прапорщик отстал от новейших веяний в искусстве и вообще огрубел чувствами за год военной жизни.

Небрежно покивав публике, поэт спустился в зал и направился к центральному столу. Подставил Алине щеку для поцелуя, устало опустился на стул. Помахал поклоннице, славшей ему издалека воздушные безешки, кивнул другой, отвернулся от третьей.

Алексей рассматривал любимца дев прищуренными глазами. Раз господин Селен близок с Шаховой, значит, он заслуживает сугубого внимания. Выходит, стол резервирован не для Алины, а для поэта?

— Я в изнеможении, — пожаловался певец смерти, подставляя лоб, чтобы Шахова вытерла пот. — Как я выступал?

— Божественно, — повторила она, но уже без восторга, а словно машинально. — Как всегда.

Странно, но ее взгляд по-прежнему кого-то высматривал, всё шарил по залу. Быть может, она ждала так нетерпеливо вовсе не Селена?

— Ненавижу слово «всегда». От него веет безысходностью. — Поэт оттолкнул ее руку и воззрился на Романова, словно на муху или таракана. — Господи, это еще кто? Ты ведь знаешь, я не выношу чужих!

Барышня поставила перед ним «Цикуту», незадолго перед тем принесенную официантом.

— На, выпей. — Ее рука рассеянно легла длиннолицему на плечо. — Подсел какой-то, из Костромы. Пускай. Он дурачок, но забавный.

Сочтя, что взаимное представление состоялось, Алексей недоверчиво спросил:

— Скажи, брат, ты правда считаешь человечество сорным полем, которое нужно выкосить?

Селен пригубил, поморщился — вынул и бросил на скатерть черную ромашку.

— А что с ним еще делать? Слишком много пошлых, не-чувствующих, не-живущих. Раз все равно не живут, пускай подохнут. Пусть их испепелит молния мировой катастрофы. После грозы легче дышать.

— Да ты не эпатист. Ты Максим Горький. «Пусть сильнее грянет буря», — сказал Романов, кажется, выйдя из роли декадентствующего юнца.

Шахова усмехнулась:

— Браво, Кострома. Что, Селен, съел?

К столу шли еще двое — те самые, что выступали с декламатором. Человек-змея накинул поверх своего блестящего костюма куртку. Танцовщица осталась в сарафане, но сняла маску. Лицо у Девочки Смерти оказалось славное — курносое, улыбчивое.

— Садитесь, садитесь, — поманила артистов Алина, видя, что они вопросительно смотрят на незнакомца. — Это Арик, дурачок из Костромы. То есть был дурачком, но умнеет на глазах.

— Люба, — назвалась милая девушка, первой протянув руку. Она смотрела в глаза, приветливо. Пальцы сжала крепко, не по-девичьи. — А это Аспид. Он у нас молчун.

Прежде чем подать руку, мим провел ею по плоскому, застывшему лицу — и словно сдернул с него кожу. Физиономия расплылась широченной глумливой улыбкой.

— Армагеддон.

Романов хотел пожать шутнику руку, но дернулся и отскочил, опрокинув стул. У Аспида из рукава куртки высунулась маленькая змеиная головка, а за ней и гибкое туловище в красно-черную полоску.

Все засмеялись.

— Не пугайтесь, — сказала Люба, поднимая упавший стул. Пододвинула Алексею, сама села рядом. — Она не укусит. Это у них традиция такая. Не знаю, откуда повелась. Держать в заведении живую змею — на счастье.

— У кого — у них?

Романов опасливо косился на Аспида, который сел слева.

— У декадентов. Я одно время, до войны еще, служила в балаганчике одном, назывался «В Последний Путь». — Люба оперлась подбородком о руку, на собеседника смотрела доброжелательно. — У них там тоже змея была, только злющая.

Танцовщица повернулась к официанту.

— Дракулик, мне, пожалуйста, «Стрихнину» с клубничным сиропом, а Жалейке как обычно.

Сняла с головы кокошник, положила на стол. Голова у Любы была стрижена под мальчика, ёжиком. На румяных щеках две ямочки.

— Что это вас «Люба» зовут? — тихо спросил он. — А не какая-нибудь «Люцифера»?

Она прыснула:

— Ужасы какие! Хорошее имя — Любовь. Вам не нравится?

Арику из Костромы такое имя вряд ли бы понравилось, поэтому прапорщик промолчал. На простодушную Любу смотреть было приятно. Не кобенится, не интересничает, разговаривает с малознакомым человеком на «вы» — в общем, ведет себя как нормальный человек. Оказывается, это очень симпатично. В голову пришла вот какая мысль: «Мы двое здесь инородцы, только я прикидываюсь, а она нет».

Однако смотреть тут надо было не на Любу, и Алексей не без сожаления перевел взгляд на кривляку Алину. Та прижалась к Селену, положила голову ему на плечо и перебирала длинные надушенные волосы поэта, но при этом не переставала скользить беспокойным взором по залу.

Аспид молча курил, его бесцветное лицо вновь утратило всякое выражение и одеревенело. Лишь маленькие светлые глаза быстро перемещались с человека на человека, с предмета на предмет. Рядом с локтем мима стояло блюдечко молока, к которому приникла змея, так до конца и не вылезшая из рукава.

Ридикюль висел на прежнем месте — уж его-то Романов из виду старался не выпускать.

К Селену подошла барышня-утопленница, поцеловала руку, лежавшую на плече Алины. Поэт обернулся, притянул жертву вод к себе и стал жадно целовать в рот. Шахова отнеслась к измене с полным равнодушием.

Как-то всё это было странно.

Алексей шепнул, пригнувшись к Любе, которая единственная тут выглядела человеком, способным ответить попросту, без выкрутасов:

— Что-то я не пойму. Он вообще с кем, Селен? С Алиной или с этой?

— Со многими. Такой интересный мужчина! Всякая была бы рада, — ответила та с простодушным восхищением.

— А вы? — спросил Романов, решив не деликатничать. Уж эпатист так эпатист.

— Я для него, как трава на обочине. И вообще, я не такая, как они. Я за деньги здесь служу.

Он посмотрел на нее с удивлением, и Люба объяснила:

— У меня в здешнем кабаре ангажемент. Я ведь из цирковой семьи. Сызмальства на арене. В каких толь-

И вы танцуете, колдунья и царица.
И вдругъ въ толпѣ, повергнутой въ экстазъ,
Вы узнаёте обезьяньи лица
Вечерней публики, глазеющей на Васъ.
Муз. и сл. А. Вертинскаго

ко номерах не выступала! И пилой меня пилили, и ножи кидали, и сама метать научилась. У нас с папашей отличный номер был: «Вильгельм Телль и сын». Он у меня с головы из пистолета яблоко сшибал. А потом, когда он сильно пить начал, мы переделали в «Дочь Вильгельма Телля». Я сама историю придумала. Будто бы у героя швейцарского родная дочка с головы пулей сбивает яблоко. Я вся такая тоненькая, маленького росточка, меня еще нарочно в корсет затягивали. Публике ужасно нравилось... Выросла — в горящую воду с вышки прыгала. Тоже успех имела, но, думаю, больше из-за костюма. Там коротенькое такое трико, руки-ноги голые. Ушла оттуда. Выступала в музыкальной эксцентрике на пианино. Приличная публика, всё культурно, но платили очень мало. И вот уже два года по декадансу работаю. Дело легкое, неопасное, люди интересные, и жалованье ничего себе.

Слушая рассказ бывшей циркачки, Романов бдительно следил за Алиной. Лишь благодаря этому и не пропустил ключевой момент.

Мадемуазель Шахова вдруг высвободилась из-под руки своего султана и поднялась. Это произошло внезапно, очень быстро — а все же Романов успел заметить: из-за правой кулисы высунулась алая перчатка и сделала манящий жест указательным пальцем.

— Я сейчас...

Покачивая узкими бедрами, Алина прошествовала через зал, взбежала на помост, но не скрылась за ширмой, а осталась стоять в «кармане» сцены, наполовину закрытая собранным занавесом.

Там, очевидно, и находился человек, который ее подозвал. Его, однако, Алексею было не видно.

Вот оно! Началось...

Сцена пуста. Киноэкран поднят, вновь обнажилось кривое зеркало задника. В нем движутся сполохи, разноцветные пятна — размытое отражение размытого мира. Под потолком медленно вращается оклеенный блестками шар, на него направлен луч света. По залу бегают серебристые лунные зайчики. Один озарил руку Алины, высунувшуюся из-за бархатных складок занавеса. Белые пальцы трепещут, как крылышки испуганной бабочки.

Вот оно! Началось... Или нет?

Судя по движениям руки, Шахова с кем-то разговаривает. Но ее ридикюль остался висеть на спинке стула, Алина к нему не прикасалась. А что если...

Алексей толкнул коробок спичек, лежавший на краю стола. Подтолкнул носком ботинка.

— Я подниму, мне ближе, — сказала Люба.

Он удержал ее за плечо — упругое, теплое.

— Ну что вы, я сам.

Коробок был отфутболен точно под опустевший стул Алины. Присев на корточки, Романов незаметно ощупал сумочку. Фотопластина была на месте.

Что же делать? Последовать за Шаховой и выяснить, с кем это она так эмоционально объясняется, или остаться возле наживки? Инструкция ротмистра предписывала второе. Логика тоже. Если бы Алину подозвал немецкий агент, она захватила бы ридикюль с собой. Скорее всего, разговор за портьерой не имеет отношения к шпионажу. И всё же лучше выяснить, кого так нетерпеливо ждала похитительница военных секретов.

Черт подери, как быть? Тет-а-тет девицы с незнакомцем (или незнакомкой?) мог в любую секунду закончиться.

Вдруг взгляд прапорщика упал на фортепьяно, посверкивавшее черным глянцевым боком в глубине сцены.

Вот отличная точка, с которой наверняка будет видно и стол, и кулисы!

— Скучно у вас, дети Луны, — громко сказал Алексей, поднимаясь. — Как ночью в пустыне. Нужно устроить звездопад.

Он уверенно пересек зал, прыжком вскочил на сцену. Откинул крышку рояля, пробежал пальцами по клавиатуре — ничего, сойдет. Надо сыграть что-нибудь поживее, взбаламутить это безжизненное болото. Даже не сыграть, а *забацать, урезать.*

И прапорщик *забацал-урезал* «Ананасный рэг» Скотта Джоплина, американский рэгтайм, способный расшевелить даже утопленниц с вампирами.

Руки порхали и трепетали, рассыпая звонкую дробь аккордов, но глаза пианиста за клавишами не следили. Голова Романова быстро двигалась: вправо, влево, вправо, влево — словно бы в такт залихватской музыке, на самом же деле взгляд перемещался с сумочки на спину Шаховой; снова на сумочку, снова на шпионку.

Ридикюль висел как висел. С ним всё было в порядке. Но разглядеть человека, с которым разговаривала Шахова, не удавалось и отсюда, со сцены, — его поглощала густая тень. Что-то там в темноте белело. Один раз высунулась рука в алой перчатке, взяла Алину за подбородок и тряхнула — несильно, но грубо. С «Ариком из Костромы» девица вела себя куда как бойко, а тут и не подумала возмутиться. Качнулась, будто кукла на ниточках, умоляюще дотронулась до алой перчатки.

Это был мужчина, никаких сомнений. Романов отчетливо разглядел белый манжет, на котором сверкнула большая золотая запонка.

Исполняется «Ананасный рэгъ»
С. Джоплина (САСШ)

Проклятье! Как быть?

Кинуться туда, якобы на защиту дамы? А вдруг это всего лишь любовник? Мало ли что Шахова ластилась к Селену. Непринужденность декадентских нравов известна. А ридикюль останется без надзора.

Алексей снова взглянул в зал — и шепотом выругался.

«Ананасный рэг» расшевелил эпатистов сильнее, чем он предполагал. Задорная негритянская музыка подействовала на засидевшуюся публику, словно волшебная дудочка из сказки: все пустились в пляс, никто не смог усидеть на месте! Сколько бы «дети Луны» ни изображали пресыщенность, как бы ни поклонялись мертвенности и тоске, но ведь все молодые, всем хочется темпа, движения.

Призраки и вурдалаки, томные Пьеро и развратные Коломбины, утопленники и скелеты, русалки и ведьмы — танцевали все. Вертлявый Аспид конвульсивно дергался, словно гальванизированная лягушка. Мальдорор поставил свою Экстазу на стул, и она по-цыгански трясла плечами. Мелькнула красная маска палача, из коридора появился верзила Мефистофель и тоже начал приплясывать.

Всё это было бы мило, если б не одно обстоятельство: разбушевавшийся паноптикум заслонил и центральный столик, и стул, на котором остался ридикюль!

Алеше стало не до Шаховой и ее запутанных отношений с мужчинами.

Он привстал, по-прежнему барабаня по клавишам, выгнул шею.

Нет, не видно!

А перестал играть — из зала закричали:

— Еще, еще! Играй, Трехглазый! Лупи!

Отказать было невозможно — это вызвало бы взрыв негодования. Поди, силком усадили бы обратно. Вот идиот, сам себя загнал в ловушку!

Алексей заиграл с удвоенной скоростью, отчаянно пытаясь разглядеть сумочку между хаотично мечущимися фигурами. Кажется, она всё еще висела на спинке.

Вдруг его лихорадочный взгляд упал на круглое лицо Любы, которая танцевала с официантом-Дракулой, но смотрела на пианиста. Кажется, девушка что-то почувствовала — в ее глазах читался вопрос: что с вами?

Она высвободилась. Приплясывая, поднялась на сцену.

— Вы больше не хотите? — шепнула она.

Встала рядом, тоже ударила по клавишам, и с полминуты они играли в четыре руки. Потом Романов поднялся со стула, благодарно сжал Любе локоть и спрыгнул вниз. Никто из танцующих не обратил на это внимания, ведь музыка не прервалась.

Слава тебе, Господи! Сумочка никуда не делась.

Он с облегчением опустился на стул, где прежде сидела Алина. Оглядевшись (никто на него не смотрел), потрогал ридиюкль.

И вздрогнул.

Пластины за подкладкой не было!

Позабыв об осторожности, Романов стал шарить в сумочке, прощупал каждый дюйм.

Снимок пропал...

Опешив, прапорщик стал озираться по сторонам.

Да что толку? Фотопластину мог взять любой из этой беснующейся нечисти!

Он вскочил на ноги. Со сцены спускалась Шахова. Вид у нее был довольный, даже блаженный. Она с веселым удивлением разглядывала зал, как если бы лишь теперь услышала музыку и заметила, что начались танцы. Махнула кому-то рукой, грациозно закачалась в рваном ритме рэгтайма.

Надо хотя бы не упустить человека в алых перчатках!

Расталкивая эпатистов, Алексей протиснулся к сцене, где Люба уже по второму заходу отбарабанивала электрическую мелодию.

Проскользнул за кулисы.

Увидел складское помещение с высоченным потолком, все заставленное огромными дощатыми ящиками, в которых, вероятно, хранились так и не проданные фирмой «Бекер» музыкальные инструменты. Театрального реквизита тут было немного: пара гипсовых колонн, несколько ширм, пианино с горящими в канделябрах свечами, на стульях — скрипка, труба, фагот.

И ни души.

Таинственный собеседник Шаховой мог удалиться в любом направлении: выйти направо, в коридор, или нырнуть в один из проходов между ящиками, которые образовывали нечто вроде обширного лабиринта...

Катастрофа, сказал себе убитый Романов.

SOS!

Что делать?

Полуосвещённая раздевалка клуба. По летнему времени отделение с вешалками закрыто длинной занавеской. За деревянной перегородкой нет гардеробщика. В углу на столике телефонный аппарат-таксометр. Видны двери туалетных комнат. Запах сигарного дыма.

Два коридора: один ведет к выходу, оттуда тянет сквозняком; по другому коридору можно пройти в зал. Там играет фортепьяно — уже не рэгтайм, а модный танец «ванстеп». Шорох ног, голоса, смех.

Романов бросил в прорезь пятиалтынный, назвал телефонной барышне номер. Соединили почти сразу.

— Лавр, это я. Дело плохо. Я виноват, провалил дело. Погнался за двумя зайцами.

Он говорил короткими фразами, все время оглядываясь, не идет ли кто-нибудь.

— Громче и яснее, — потребовал ротмистр. — Я тебя почти не слышу.

— Не могу громче.

— Что пластина?

— Похищена.

— Кем?

— Не видел... Там сидели трое: поэт Селен, мим Аспид и танцовщица Люба. Не обязательно они, но им сделать это было проще.

— Как они выглядят?

Алексей в нескольких словах описал соседей по столу. Как раз заканчивал про декламатора («неестественно длинное лицо, темные волосы до плеч...»), когда из зала вышел сам Селен.

— Черт знает что! — пожаловался он. — Единственное приличное место в городе, и то превратили в какой-то дансинг! Не вернусь, пока не прекратится этот обезьяний шабаш. Спички есть?

Получив коробок, вышел на улицу.

— ...Не устроить ли облаву, пока публика не разбрелась? — спросил Романов, проводив декадента взглядом. — Всех взять, обыскать...

— Нет, не годится. Перепрятать пластину — дело одной минуты.

Да Алексей и сам знал, что идея не ахти — предложил с отчаяния.

— Что же делать, Лавр?

Князь похмыкал в трубку, помычал:

— М-м-м... Ну вот что. Не убивайся, всякое бывает. Я приму меры. Авось, поправим дело. А ты паси свою фифу и больше ни на что не отвлекайся. Доведи ее до дома, сдай горничной и дуй к нам сюда.

— Ясно...

Деревянная перегородка упиралась в стену, на которой висело зеркало. Разговаривая с ротмистром, Алеша несколько раз механически посматривал в ту сторону. И вдруг, удивившись, сообразил, что не отражается в мерцающей поверхности. В привидение он превратился, что ли? Поневоле покосился на пол — да нет, тень вроде отбрасывается. Еще раз поднял глаза на зеркало и только теперь рассмотрел, что оно кривое, как и все остальные в этом кривом королевстве. К тому же волнистая поверхность немного скошена и отражает не перегородку и телефонный столик, а неосвещенное пространство за шторой.

...Но я, покорствуя судьбинѣ,
Не въ силахъ зрѣть себя въ прозрачности стекла,
Ни той, которой я была,
Ни той, которой нынѣ.
муз. П. Віардо, сл. А. Пушкина

Что-то там, в темноте, шевельнулось. Что-то черное с белым.

Оказывается, у вешалок всё это время находился кто-то из посетителей или служителей! И разумеется, слышал каждое слово! В том числе про облаву... Неудивительно, что затих и затаился. Понял: телефонирует секретный агент.

Этого еще не хватало! Мало того, что опозорился, упустив пластину, так теперь еще и разоблачен? Случайный свидетель непременно разболтает всем, что в кабаре затесался ряженый филер!

Скрипнув зубами, прапорщик хотел перепрыгнуть через барьер, чтобы взять черно-белого за шиворот и под страхом ареста, тюрьмы, мордобоя — чего угодно — заставить его проглотить язык, да вдруг сообразил: зеркало-то кривое. Если сам он видит лишь расплывчатое пятно, так и человек, находящийся по ту сторону, может разглядеть только нечто бесформенно-желтое. Занавеска сплошная, ткань плотная — подглядеть невозможно.

Скорее, пока не поздно, прапорщик шмыгнул по коридору в зал и затерялся среди танцующих.

Козловский неспроста выбрал для помощника именно желтую блузу. Многие из эпатистов отдавали предпочтение цвету лунного диска. Не так-то просто будет неизвестному определить, кто именно из «желтых» разговаривал по телефону.

Алексей сел рядом с Алиной, закинул ногу на ногу.

— Какой-то обезьяний шабаш. — Он кивнул на танцующих. — «Ванстеп» — фи! Не думал, что вашим нравится вульгарная музыка.

— Они не мои. Я сама по себе, — ответила Алина, но не колюче, а вполне миролюбиво. — Помолчим, ладно?

Ночь. Улица. Фонарь

*Л*етняя петроградская ночь. Стемнело ненадолго и как будто понарошку. Над городом мокрый туман. В воздухе клубится серая взвесь мелких капель. То, что близко, кажется далеким, далекое — близким. Блестит черная булыжная мостовая, отражая слабый свет фонарей. Очертания домов смутны, улица похожа на театральную декорацию. Каждый шаг гулок.

— Что ты всё оглядываешься? — Алина поежилась, завернула поплотнее свое оранжевое боа из перьев. В мокнущем, зябком тумане она стала еще больше похожа на птицу — нахохленную, больную. — Смешной какой. В провожатые навязался. Сумочку отобрал. Откуда ты только взялся?

— Сама же сказала. Из Костромы.

Они шли вдвоем по пустому проспекту. Романов действительно оглядывался через каждые несколько шагов. На то имелась причина.

Перед выходом из клуба Шахова зашла в дамскую комнату. Воспользовавшись паузой и тем, что в раздевалке никого не было, Алексей перескочил через перегородку и заглянул за штору — туда, где прятался неизвестный.

Возле вешалок обнаружился уголок для курения: стол, удобные кресла. На углу стеклянной пепельницы лежала едва начатая, невыкуренная сигара. Большой коробок спичек. И две перчатки.

Картину восстановить было нетрудно.

Когда Романов начал телефонировать ротмистру, здесь сидел человек, собирался покурить. Снял перчатки, стал раскуривать сигару. Потом, услышав, какие речи доносятся из-за шторы, сигару притушил и отложил, чтобы не выдавать своего присутствия. Продолжение разговора произвело на черно-белого человека такое впечатление, что он забыл и про курение, и про перчатки.

А перчатки были необычные — ярко-алого цвета...

— Зачем ты туда ходишь? — спросил Романов. — Говоришь, что они не твои. Значит, ты там чужая. А ходишь...

Вернувшись из своего таинственного похода за кулисы, Шахова стала не то чтобы разговорчивей — нет, но как-то мягче. Во всяком случае, спокойней, даже веселее. Вдруг удастся завязать с ней разговор о кабаре и выяснить что-нибудь существенное?

— Я везде чужая. А в клуб хожу, потому что название понравилось. Мы все — дети Луны. Прячемся от солнца, оживаем от лунного света.

— Да Луны-то никакой нет, посмотри на небо! Туман один.

— Есть. Это тебе ее не видно... А я ее вижу всегда. Даже днем.

Дискутировать про Луну в намерения прапорщика не входило. Он попробовал зайти с другой стороны. Выражаясь по-военному, открыть стрельбу с прямой наводки.

— У тебя там много друзей, да? Селен этот, танцоры. И потом, я видел, ты за кулисы к кому-то ходила... Ты что, знакома со всеми артистами?

Алина словно не расслышала вопроса.

— Воздух, как стеклянный, — сказала она. — Весь переливается... Возвращайся в клуб. Я привыкла одна. Ничего со мной не случится. Я невидимка. Меня, может, и вовсе нет.

— Тебе одной ходить опасно, тем более ночью. Ты, как райская птица, все на тебя пялятся.

Она рассмеялась.

— Так-таки райская?

— Нет, правда. Сейчас развелось столько хулиганов, налетчиков. Война, озверели все. Ограбить могут, и не только...

— Зарезать, что ли? — спросила она с любопытством. — Пускай режут, не боюсь.

— Могут сделать с одинокой женщиной что-нибудь и похуже.

Эти слова вызвали у Алины приступ веселья.

— «Похуже»? — повторила она сквозь хохот. — Это у вас в Костроме так говорят?

Откуда-то сзади, издалека, донесся заливистый свист.

— А вот и Соловей-разбойник. — Барышня взяла Романова под руку. — Ладно, Илья-Муромец, веди меня через заколдованный лес. Извозчиков не видно, придется пешком. Я неблизко живу, на Тучковой набережной.

Где она живет, Алексею было очень хорошо известно.

По дороге он еще несколько раз пытался завести разговор о кабаре, но Алина опять отвечала невпопад. Может быть, и не слышала его вопросов, а просто откликалась на звук голоса. Глаза ее были полузакрыты, по лицу бродила мечтательная улыбка. Девушка держалась за Алексея, словно слепец за посох. Если бы ее повели не к дому, а совсем в другом направлении, она, верно, и не заметила бы.

Ну и мерзавец же германский резидент, что использует эту бледную немочь, думал прапорщик. Травит ее наркотиками, да еще, поди, запугивает. Что за гнусное ремесло шпионаж! На Шахову, государственную преступницу и похитительницу военных секретов, он уже не держал зла. Что с такой возьмешь? То ли живет, то ли видит сон — сама толком не знает.

Перед большим каменным домом с барельефами Алина вдруг очнулась. Удивленно поглядела на фонари набережной, на черно-серую полосу Малой Невы.

— Мы пришли? Я и не заметила... Я что, объяснила тебе, где я живу?

— Да.

Ничего она ему не объясняла. Но Алексей знал, что эта сомнамбула ничего не помнит.

— Холодно...

Она сняла перчатки и подула на пальцы.

— Разве?

Ночь вовсе не была холодной, скорее душной.

— Мне всегда холодно... Спасибо, что проводил, — сказала она учтиво, как, должно быть, разговаривала когда-то с приличными юношами, провожавшими ее до дома с какого-нибудь журфикса.

Казалось, она опять забылась. Так или иначе, входить в подъезд не спешила. Смотрела она куда-то в сторону. О чем думала и думала ли о чем-то вообще — бог весть.

— Красивый дом.

— Красивый. Мы раньше были богаты. Дача на заливе, поместье. А потом разорились. Одна квартира осталась. — Она показала на окно второго этажа. — Вон моя комната, одинокая гробница.

В устах любой другой девушки эти слова прозвучали бы манерно и глупо. Но Шахова произнесла их безо всякой аффектации, и стало жутко.

Романов представил себе эту жизнь, похожую на антисуществование вампира. Днем — сон за плотно задвинутыми шторами, чтобы, не дай бог, не проникли лучи солнца. Пробуждение в темноте, мучительный голод, тянущий в ночь, в лунный свет. Короткое, жадное, преступное насыщение, недолгое блаженство — и снова назад, в свой склеп...

Но прапорщик сделал вид, что не понял.

— Так ты живешь одна?

— Нет, с отцом. И еще какая-то женщина, в белом переднике. А может быть, она мне мерещится. У нее то одно лицо, то другое. Не знаю. Я там только сплю...

— С отцом — это хорошо, — продолжал изображать наивность Алеша. Он был рад, что Алина разговорилась, и боялся, не спрячется ли она снова в свой кокон. — Я вот сирота. А кто у тебя отец?

— Или нет отца? — спросила девушка, с сомнением глядя на окна. — Раньше-то был, давно. А теперь... Что-то такое сверкнет серебряным плечом, дохнет табаком, иногда царапнет колючим по щеке... Нет, наверное, есть. Впрочем, не знаю...

Для нее всё химера, всё ненастоящее, понял Романов. Фотографирует какие-то чертежи, проявляет чудеса скрытности и ловкости, но делает это, словно бы во сне. Известно, на какое хитроумие способны наркоманы, когда им нужно получить очередную дозу дурмана.

— Но Селен-то тебе не мерещится, — усмехнулся Алексей. — Вон как вы с ним миловались. Страсть галлюцинацией не бывает.

Она непонимающе уставилась на него, да вдруг прыснула — совсем не по-декадентски, а попросту, по-девичьи.

— Ты о роковом разбивателе сердец? О кумире дурочек? Брось, он не мужчина. Он сгусток тумана.

— То есть?

— Это из его стихотворения: «Я грежусь каждой Грезе, сгущаюсь из тумана. Я крик твоей болезни, угар самообмана». Селен очень удобный. Если считается, что ты — его, то другие ухажеры не лезут. Не осмеливаются. Разве кто-то может соперничать с таким павлином? Это не я одна хитрая, многие пользуются. Там ведь, в клубе, много совсем юных девочек, которым только хочется казаться инфернальными, а сами, может, не целовались ни разу. Слыть любовницей великого Селена почетно. И его устраивает. Ему ведь только и нужно, что впечатлять и *казаться*.

Получалось, что она очень неглупа, Алина Шахова. Вначале она представлялась Алексею отвратительной фигляркой, какой-то карикатурой, и вот на тебе.

— Другим девушкам хочется казаться инфернальными. А тебе? — спросил он уже не для дела, а потому что действительно захотелось понять.

— А мне не хочется. Я на самом деле инфернальная. Потому что у меня здесь inferno, — показала она себе на грудь. И опять без позерства, просто констатировала непреложный факт.

Романов подумал: *обреченная* — вот самое правильное слово. Совсем одна, ни на что не надеющаяся, падающая в бездну.

Он смотрел на тонкое личико больной барышни, на ее вызывающий наряд и чувствовал острую жалость. Вспомнил старую фотографию Алины: комнатный цветок, доверчивая девочка, не ожидающая от жизни никакого коварства. Но несколько ударов судьбы, пришедшихся на самый ломкий, незащищенный возраст — и цветок сломан. Врач говорит: неизлечима. Взгляд говорит: обречена.

Неужели нет никакой надежды?

— Я пойду... — Она поежилась. — Холодно.

— Постойте! Ваш ридикюль!

Обращение на «вы» у него выскочило само собой — вероятно, оттого что внутренне он перестал быть Армагеддоном и снова превратился в Алексея Романова, который ни за что не позволил бы себе фамильярничать с едва знакомой барышней.

Их пальцы соприкоснулись. Ее рука была ледяной, и Алеша, не удержавшись, сжал ее своей горячей — чтобы хоть немного согреть, ни для чего иного.

Алина ответила слабым пожатием — будто больная синичка вцепилась лапкой. И высвободиться не пыталась. Свободной рукой она сняла свою нелепую шляпу, тряхнула головой, рассыпав по плечам волосы. В них сверкнули мелкие капельки ночной росы, в неестественном свете фонаря лицо барышни казалось белым, несоразмерно большие черные глаза сияли, и вся она вдруг предстала перед прапорщиком не жалкой синицей, а прекрасной и экзотической Жар-Птицей, по случайности залетевшей из сказки в мир людей, и держался Алеша ни за какую не за лапку, а за пылающее перо...

До чего заразителен морок! Какие фокусы выделывает с воображением туманная петроградская ночь!

— Благодарю вас, — церемонно произнесла Алина. И лукаво улыбнулась. — Удивительно. Вот уж не думала, что переход с «ты» на «вы» так сближает.

— Честно говоря, я не привык на «ты». Фальшиво как-то звучит, когда толком не знаешь человека... Меня вообще-то не Армагеддон зовут. Алексей.

Она опять улыбнулась, ласково.

— Значит, Алеша. Вы такой ясный, светлый. Даже глазам больно. Знаете, я давно никому не верю. А вам бы поверила. — И приподнялась на цыпочки, коснулась холодными губами его щеки. Отступила. — До свидания, Алеша.

НЕ ГЛЯДИ, ОТОЙДИ,
СКРОЙСЯ СЪ ГЛАЗЪ НАВСЕГДА
И ПРИЗНАНЬЯ НЕ ЖДИ
ОТЪ МЕНЯ НИКОГДА!
муз. М. Шарова, сл. А. Бешенцова

Качнулся край пелерины, зашуршало платье. Гибко развернувшись, девушка взбежала по ступеням и скрылась в подъезде.

Романов коснулся своей горящей щеки. Горела она не от поцелуя — от стыда.

«Ясный, светлый». Черт!

Ощущал он себя просто отвратительно, как если бы совершил ужасную подлость. А между тем он всего лишь выполнял свой долг.

Нужно было встряхнуться, взять себя в руки.

Эта девица — пускай несчастная, пускай не отвечающая за свои поступки — наносит огромный вред отчизне, сказал себе прапорщик. Да, она нездорова, но относится к разряду тех больных, кто смертельно опасен для окружающих. Если Шахова только что держалась просто и мило, это вовсе не означает, что она такова на самом деле. Внезапная разговорчивость и размягченность — не более чем признаки эйфорического состояния после дозы наркотика. Можно не сомневаться, что от человека в алых перчатках она получила морфий — в обмен на фотопластину. Тогда же и сделала инъекцию. Или, возможно, чуть позднее, когда заходила в дамскую комнату. Вот и весь секрет ее шарма.

Отличная штука рациональность. Сразу всё встало на свои места. Во всяком случае, в голове.

В сердце все равно засела маленькая колючая льдинка. И не таяла.

Получасом ранее

Ночной проспект. Поздно, далеко за полночь. Огни в домах давно погасли, лишь помигивают в тумане фонари — не электрические, как в центре, а допотопные, газовые, да ярко сияет лампионами вывеска эпатистского клуба. Кабаре вот-вот закроется. Музыки изнутри уже не слышно, но голоса еще доносятся, публика разошлась далеко не вся.

Из дверей вышли трое: поэт-декламатор и его ассистенты. Селен вдохнул сырой воздух и брезгливо скривился. Перебросил через плечо длинное кашне, раскурил сигару. Пока он проделывал всё это с монументальной неспешностью, как и подобает кумиру, Аспид звонко отбил по тротуару чечетку. Ожидание давалось человеку-змее с трудом, гибкое тело требовало движения. Мим снял свой чешуйчатый костюм и, невысокий, жилистый, в куртке с поднятым воротником и нахлобученной на глаза кепке, был похож на уличного подростка. Люба тоже переоделась — в скромное коричневое платье; голова по спартанской моде военного времени была покрыта платком с узлом на затылке.

Рядом с преувеличенно элегантным Селеном (сверкающий цилиндр, трость, белый шарф до колен) танцовщики смотрелись челядью, сопровождающей большого барина.

Так оно, в сущности, и было. Перед рассветом в конце Большого проспекта найти экипаж непросто, и Селен требовал, чтобы помощники находились при нем до тех пор, пока не остановят извозчика или, если очень повезет, быстрый таксомотор.

За это поэт позволял спутникам развлекать себя разговором. Мим, правда, больше помалкивал, зато Люба стрекотала почти без остановки. Селен любил, когда рассказывали, какое впечатление произвело на публику его выступление. С интересом выслушивал и клубные сплетни.

— Нет, нет и нет, — сказал он, дав Любе поговорить с минуту. — Клуб портится на глазах. Я посылаю в зал грозовые разряды, но не чувствую резонанса. Молнии уходят в землю, как через громоотвод! К нам стало ходить слишком много всякого планктона. Чего стоят сегодняшние мещанские пляски? Я велю Мефистофелю больше не пускать этого пошлого тапера из Костромы!

— Он только в начале поиграл немного, а потом всё я, — заступилась за новенького честная Люба. — Смотрю, всем нравится... Я когда по музыкальной эксцентрике служила, много всяких мелодий разучила.

Но если вам не нравится, я больше не буду. И Арику скажу.

— Желтоблузник пошел провожать Алину, или мне это показалось? — высокомерно спросил поэт. — Что ты вообще знаешь об этом субъекте? Наверняка ведь что-нибудь разузнала.

Хотела ему Люба ответить, но тут из ближнего переулка раздался лихой разбойничий свист. Из-за угла высунулась голова в низко сдвинутой шапке. Спряталась обратно.

Мим быстро огляделся, будто зверь, уловивший запах опасности. Вокруг не было ни души. Нимб газа трепетал вокруг столба.

— Ну что ты встал? — капризно сказал Селен. — У меня отсырели воротнички! Найдут мне, наконец, экипаж или нет? ...Неприятный тип этот Армагеддон. Глазами так и стреляет. Чем он мог заинтересовать Алину? Я всегда полагал, что у нее есть вкус.

— У него улыбка хорошая. А еще я заметила...

Что именно заметила Люба в новичке, так и осталось неизвестным.

Из зыбкого воздуха, из мутной темноты выкатилась приземистая, неестественно широкая, почти квадратная, фигура. Свет от фонаря упал на жуткую харю, сверкнувшую железным зубом в ощеренной пасти.

— Честна́я публика, сердечно извиняемся, гоп-стоп. Котлы, лопатнички пожалуйте. И одёжку скидавайте. Ночка теплая, летняя. Не змерзнете...

Квадратный был в картузе, русской рубахе под засаленным пиджаком, над голенищами сапог пузырились вислые штаны.

Он сделал рукой широкий, издевательский жест, как бы приглашая дорогих гостей. Повернул кисть, из нее с пружинным лязгом выскочило страшное заостренное лезвие.

Сзади раздался шорох.

Откуда ни возьмись явились еще два молодца: усатый да небритый. Эти не улыбались, но свое бандитское дело знали. Первый со спины обхватил Селена за горло. Второй точно таким же манером взял в зажим Аспида.

— Тихо, дамочка. Закричишь — нос отчикаю, — предупредил железнозубый Любу. — В сумочке у тебя чего? Дай сюда.

Но сумки танцовщица не отдала и ужасной угрозы не испугалась.

Отпрыгнула с тротуара на мостовую — хоть и с места, без разбега, но на добрую сажень. Повернулась и с удивительной скоростью побежала назад, в сторону клуба, громко крича:

— Караул! На помощь!

Грабителей было не трое, а больше. Поодаль в темноте прятались по меньшей мере еще двое. Они растопырили руки, пытаясь схватить беглянку, но Люба увернулась и от одного, и от другого.

Бежала она не так, как обыкновенно бегают женщины — неловко вихляя бедрами и отбрасывая ноги.

Господа, послушайте сюда!
Гопъ-со-смыкомъ вамъ не ерунда.
Если жизнь не надоѣла
И не просится изъ тѣла,
Денежки пожалте, таки-аа!
пѣсня одесскихъ налетчиковъ

Бывшая циркачка задрала подол выше колен и отсту-
кивала по булыжнику каблуками со сноровкой спорт-
смена, рвущегося к финишу.

— Помогите! Сюда-а-а!

Не по зубам разбойникам оказался и человек-змея.
Он изогнулся, обхватил усатого налетчика за голову
и с резким выдохом швырнул через себя. Тот смачно
приложился о камни и в дальнейших событиях не участвовал.

А события разворачивались стремительно.

Аспид ударил квадратного человека носком ботинка по руке, выбив нож.

— Держи его! — крикнул железнозубый.

Из черного зева подворотни выскочили еще двое в
кепках, молча кинулись на мима. Бежать ему теперь
было вроде бы некуда: трое спереди, трое сзади. Но
Аспид убегать не стал. Он вскочил на водосток. Быстро
перебирая руками, начал карабкаться вверх по стене
двухэтажного дома. Моментально оказался наверху,
перевалился через край крыши и исчез.

— Вот зараза! — плюнул квадратный, подбирая
нож. — Сёма и ты, Штурм, через чердак на крышу!

Остальные бандиты молча, сноровисто рвали с оце-
пеневшего Селена одежду.

Не прошло и пяти минут, как по проспекту со стороны клуба прибыла спасательная экспедиция.

Впереди, показывая путь, бежала Люба. За ней се-
мимильными шагами громыхал огромный Мефисто-

фель, на его правом кулачище сверкал шипами стальной кастет. Далее с воинственными криками поспешала целая толпа мертвецов, привидений, исчадий ада. Всякий нормальный налетчик, узрев этакую страсть, закрестился бы и навсегда отрекся от своего грешного ремесла.

Но бандитов на месте преступления уже не было, они растаяли в том же ночном тумане, что их породил.

Под фонарем, стуча зубами не столько от холода, сколько от нервов, стоял раздетый донага Селен. Из туалета на нем осталась лишь висельная веревка вокруг шеи.

— По. Мо. Ги. Те, — раздельно, в четыре слова сказал поэт и заплакал.

В подворотне

Т емная подворотня. В ней совсем ничего нельзя было бы разглядеть, если б из двора не просачивался слабый электрический свет — там над подъездом горит лампочка.

*Запах кошек. И еще дорогого табака. Это бедно оде-
тый человек, нетерпеливо прохаживающийся взад-вперед,
курит папиросы «Люкс». Достал из кармана часы с фос-
форесцирующими стрелками. Вздохнул.*

На улице послышался звук торопливых шагов, в
подворотню вошла целая группа людей очень подо-
зрительной наружности. Мирный обыватель, столк-
нувшись с такой компанией в темной подворотне, на-
пугался бы, но курильщик, наоборот, обрадовался.

— Ну что, братья-разбойники? Докладывай, Саранцев. Можешь закурить и докладывай.

— Благодарствуйте, ваше благородие. — Невысокий, плотный Саранцев зажег папиросу. Блеснул железный зуб. — Похвастать нечем. Виноват. Вели от вы-
хода троих, согласно описанию. Я обрадовался: все
вместе, удобно потрошить. Только рано радовался. Ак-
терка удрала, это б еще полбеды. Плохо, что вертлявый по стене, как таракан, ушел, не догнали. Здорово
дерется, сволочь. Взяли только патлатого. С него сняли всё, даже подштанники. — Старший филер обернулся. — Давай барахло!

Разложили добычу прямо на камнях, стали осматривать и ощупывать, светя в три фонарика. Ротмистр
Козловский заглядывал сверху.

— Нет пластины?! — Он коротко, звучно выругался — подворотня подхватила бранное слово и обрадованно перекатила его под сводом. — Значит, мим. Ак-
терка вряд ли — Романов ее не подозревает. То-то этот

Аспид от вас удрал! Давайте, ребята, время дорого. Добудьте настоящее имя, адрес и прочее. Живее, живее, мать вашу!

Из подворотни бегом высыпались люди. На улице, где только что было пусто, откуда-то взялись сразу два автомобиля. Они стояли с потушенными фарами, но при этом урчали моторами.

Одна машина с ревом погнала в сторону Невы, другая, развернувшись, поехала к Большому проспекту.

На окраине

Д альний конец Васильевского острова, близ Галерной гавани. Затрапезная улица, на которой нет даже газовых фонарей. Но уже светает, в сизой мокрой дымке блестят железные крыши двух-трехэтажных домов с обшарпанными стенами. Окна с задвинутыми занавесками похожи на закрытые глаза. Всё здесь спит глухим предрассветным сном и просыпаться не хочет.

Прыгая по ухабам разъезженной мостовой, к дому номер 8 подкатило черное авто. Оно еще не остановилось, а с подножки уже соскочил молодой человек в нелепой желтой блузе и шляпе с пером. Дверь подъезда сама распахнулась ему навстречу.

— Наконец-то, — сердито проворчал Козловский. — Утро скоро... А ты, Мельников, езжай, не торчи тут. Встань вон за углом.

Это было сказано шоферу, высунувшемуся из окошка. Тот козырнул, отъехал.

Проводив Алину Шахову до дома и дождавшись, пока горничная из окна подаст условленный знак «объект прибыл», прапорщик, как было велено, вернулся на съемную квартиру, выполнявшую роль наблюдательного пункта и штаба. Там его ждала телефонограмма.

«Прапорщику Романову. Немедленно прибыть в Галерную гавань. Адрес у шофера. Ни в коем случае не переодеваться. Ротмистр Козловский».

Алексей не потратил попусту ни одной минуты и никакого «наконец-то» не заслужил, но по князю было видно: человек на взводе, обижаться на такого нельзя.

Возбуждение немедленно передалось и Романову.

— Что тут? — жадно спросил он. — Мельников мне ничего не объяснил.

— А он, кроме адреса, ничего и не знает. Мне из отдела только что последние сведения доставили. Объясняю диспозицию и ставлю боевую задачу. Слушай.

Князь коротко рассказал о провале затеи с ограблением. Замысел был простой: инсценировать бандитское нападение, чтобы найти похищенную фотопластину. Если ее не обнаружится, значит, эту троицу из числа подозреваемых можно исключить. Поведение мима во время гоп-стопа наводит на мысль, что человек по прозвищу «Аспид» — агент высокого класса, с отменной реакцией и профессиональной подготовкой.

— Ребята сработали быстро, — торопливо досказывал ротмистр. — Установили и место жительства, и настоящее имя. Сергей Вольф, из балтийских немцев. Перед войной служил в цирке дрессировщиком. Мутный тип. Нигде подолгу не задерживается. Когда мы сюда прибыли, полчаса назад, свет в его окнах еще горел. Минут десять как потух... Без тебя вламываться не рискнули. Надо, чтоб он сам дверь открыл. А то улизнет через окно или еще как-нибудь. От этих ловкачей всего можно ждать. Видали, знаем. Я, правда, повсюду людей расставил, но лучше все-таки его культурно взять, без акробатики.

— Что это ты?

Прапорщик показал вниз. Во время рассказа князь как-то странно переступал с ноги на ногу. Алексей думал, от нетерпения или, может, хромая нога болит. Но взглянул — удивился. Козловский был в одних чулках.

— Мы все разулись. Чтоб каблуками по ступеням не греметь. Тихо ведь. Каждый звук слышно. Вольф этот вряд ли спит, после такой ночи. Нервы комком, ушки на макушке. Пускай слышит, что поднимается один человек. Всё, Лёша. Давай, мы за тобой.

* * *

Они двинулись гуськом в третий этаж. Алексей нарочно топал погромче, сзади шуршали остальные. В правой руке у Козловского был зажат револьвер, в левой штиблеты.

Саранцев встал слева от двери, еще один филер (фамилия у него была боевая — Штурм) встал справа. Князь остался за спиной у прапорщика.

— Стучи!

В ответ на резкий, отрывистый звук в квартире что-то звякнуло — будто там от неожиданности уронили металлический предмет.

— Аспид, открой! Это я!

— Кто «я»? — не меньше чем через полминуты отозвался напряженный голос.

— Я, Армагеддон.

— Кто-кто?

— Ну Арик, из Костромы. За столом вместе сидели. Меня Люба прислала. У нас ужас что такое! Селена бандиты зарезали, насмерть!

Брякнула щеколда, дверь рывком открылась.

— Насмерть?!

Аспид был в черной китайской пижаме, на волосах сеточка. Вытаращенные глаза переместились с Алешиного лица на дуло, целившее человеку-змее в живот.

— Пуля летит быстрей, чем ты бегаешь, — предупредил Романов и посторонился, чтобы пропустить филеров.

* * *

Саранцев ухватистой пятерней взял мима за горло, цыкнул железным зубом. Аспид попятился в узкий коридор. Оба были примерно одного роста, но агент раза в два шире.

— Ты тут один, морковкин хвост? — спросил старший филер. — Федя, подержи его. Посмотрю, нет ли еще кого.

Козловский кряхтел, надевая штиблеты. С крючка свисала куртка, в которой Аспид был в клубе. На всякий случай Романов ощупал карманы и подкладку.

За его спиной Штурм надевал на задержанного наручники.

— Вперед и вместе, — сказал он, очевидно, имея в виду руки. — А-а-а-а!!!

Вопль был судорожный, полный ужаса. Обернувшись, Алексей увидел, что мим держит перед собой сведенные запястья, перед самым носом у филера, а из рукава пижамы высовывается черно-красная змея. Бедный Штурм (надо было его предупредить!) шарахнулся назад, стукнувшись спиной о стену. Воспользовавшись этим, Аспид ударил служивого кулаком в лоб, перепрыгнул через сидящего на корточках ротмистра — и оказался на лестнице.

— Какого?! — взревел князь. Его усатая физиономия перекосилась.

— Виноват, сызмальства змей боюсь! — задушенно выдохнул филер.

А прапорщика в коридоре уже не было — бросился в погоню.

— Лёша, не упусти! — орал вслед ротмистр, скача в одном ботинке и от этого хромая вдвое против обычного. — Поймай его, поймай!

Легкий, как кузнечик, Аспид взлетел вверх по лестнице, толкнул дверь чердака и, пригнувшись, скрылся в пыльной тьме, пахнущей мышами и голубиным пометом.

Поди такого поймай

Небо свинцового цвета. Кирпичные трубы, матовая жесть выстроившихся вдоль улицы крыш — не сплошная, а разделенная черными расщелинами. Волглый ветер с залива.

Пароходный гудок. Треск вышибленного с мясом чердачного оконца. Оглушительный грохот металлических листов под ногами.

Это Аспид верно рассудил — что вниз по лестнице бежать не стоит. И около подъезда, и вокруг дома Козловский поставил людей, мимо них даже человеку-змее было бы не проскользнуть.

— Стой! Ногу прострелю! — крикнул Романов, вылезая за циркачом на крышу.

На самом деле палить он не рискнул бы. Инструктор по дисциплине «Силовой захват» поручик фон Редерер учил курсантов: «Никогда не стреляйте бегущему по ногам, если нет полной уверенности, что попадете ниже колена. Иначе имеете шанс арестовать покойника. Пуля разорвет бедренную артерию — и готово».

Уверенности у Алексея не было. Проклятый Аспид несся огромными прыжками, высоко подскакивая. Целиться — лишь время терять. Промажешь — плохо. Попадешь не туда, куда нужно, — вообще беда.

А главное, некуда ему особенно деться. Крыша кончается, а до следующей сажени две, если не три.

Но беглеца это не испугало. Не снижая скорости — наоборот, разогнавшись еще пуще, он оттолкнулся ногой и перемахнул на соседнюю крышу. Приземлился шумно, но ловко, на корточки. Выпрямился, загрохотал дальше.

— Уходит! Через соседний дом уходит! — что было мочи завопил Романов.

Из оконца к нему лезли Саранцев и Козловский. Проштрафившийся Штурм, очевидно, был оставлен в квартире.

— Прыгать надо. — Ротмистр прикинул на взгляд расстояние и топнул с досады. — Проклятая нога! Саранцев, давай ты!

Старший филер почесал затылок:

— Ваше благородие, у меня ноги короткие. Детей четверо...

У прапорщика Романова ноги были длинные, детьми обзавестись он не успел, но и ему прыгать через черную расщелину ужасно не хотелось. Был бы высокий этаж, куда ни шло. Расшибешься в лепешку, и со святыми упокой. А с третьего упасть, поди, еще намучаешься перед смертью. Или останешься навечно калекой.

— Крикните вниз, пусть не упустят, если что, — сказал Алексей.

И, согласно науке о психологическом трейнинге (английское слово, означает «предуготовление»), настроил нервно-импульсную систему на подходящий ситуации лад: вообразил себя легкокрылой птицей или взлетающим аэропланом.

Разбежался, скакнул, мысленно толкая тело вперед, вперед, вперед.

И сработало!

Правда, бухнулся на жесть коленями и грудью, больно, но это были пустяки.

— Молодец, Лешка, герой! — донеслось сзади. — За ним!

А куда «за ним»? Аспида впереди видно не было.

Больше всего Романов боялся, что гнусный трюкач так и пойдет сигать с дома на дом. Но на дальнем краю крыши гибкого силуэта видно не было. Значит,

L'amour est un oiseau rebelle,
que nul ne peut apprivoiser...
муз. Ж. Бизе, сл. А. Мельяка и Л. Галеви

шмыгнул вон в то окошко, хочет спуститься через чердак.

Повеселев, прапорщик бросился вдогонку. По земле бегать — это вам не по небу летать.

Лестница, на которую Романов попал с крыши, была еще грязней, чем в соседнем доме. Видно, здесь проживала совсем незамысловатая публика. Пахло бедностью: вечными щами, стиркой, плесенью. На ступеньках валялись окурки и картофельные очистки. Освещение отсутствовало вовсе, и если б не чахлые потуги пробивавшегося рассвета, бежать было бы невозможно. И так-то приходилось держаться за перила, чтоб не поскользнуться на какой-нибудь дряни.

А вот человек-змея, кажется, видел в темноте не хуже филина. Он несся, прыгая через три ступеньки. Прапорщик еще не одолел первый пролет, а мим уже достиг двери.

Он выскочил из подъезда с треском и пружинным визгом, как чертик из шкатулки — маленький, стремительный, почти невидимый в своей черной пижаме.

Но один из саранцевских ребят подоспел вовремя. Свое дело агент знал на ять: не торчал на тротуаре, а спрятался за афишной тумбой. Раньше времени себя не обнаружил, не стал орать попусту «Стой!» (ясно было, что неугомонный циркач все равно не остановится) — просто, когда Аспид пробегал мимо, подставил ему ножку.

И живчик грохнулся наземь с хорошего разбега, растянулся во весь свой небольшой рост. А филер упал ему на спину, прижал к булыжникам и торжествующе прорычал в самое ухо:

— Побегал, будя!

Вопреки всем законам анатомии и физиологии Аспид развернул голову чуть не на 180 градусов, будто держалась она не на позвонках, а на шарнирах, и с хрустом вцепился агенту зубами в нос. От неожиданности и боли филер ослабил хватку и в следующее мгновение был сброшен.

Перекатившись по мостовой, человек-змея оказался на корточках. Изготовился взять новый разбег, но тут налетел запыхавшийся Романов и приложил упрямца рукояткой револьвера по затылку. Удар получился знатный: точный, экономичный, не слишком сильный. Инструктор фон Редерер остался бы доволен.

Когда, полминуты спустя, подбежали остальные, Аспид уже начинал приходить в себя, помаргивал ресницами. Он лежал на животе. Правым коленом Романов жал арестованному на спину, левой рукой выкручивал запястье, дуло вдавил в висок — рисунок из методического пособия, да и только. Рядом шмыгал прокушенным носом грустный филер. Переживал, что упустил хорошую возможность отличиться.

Последним прихромал Козловский. Он был полностью обут, помахивал стеком. Шел солидно, не спеша, как и подобает начальнику. Официально поздравил:

— Молодцом, прапорщик. Задание исполнили отлично. Мотайте на ус, пентюхи. Вот что значит наука.

Остановился над поверженным врагом.

— Где, говорите, у него рептилия спрятана?

— В правом рукаве, ваше благородие, — ответил сконфуженный агент Штурм.

Князь ударил лежащего тросточкой по руке. Из пижамы, обиженно шипя, выструилась черно-красная ленточка.

С размаху Козловский ударил, не попал. Замахнулся снова.

— Не убивайте! Что она вам сделала? — попросил Аспид. — Она не ядовитая. Ужик это, девочка. Я ее кисточкой раскрашиваю.

Неожиданная находка

Г олая, неуютная комната, в которой всё перевернуто вверх дном. Единственное украшение, цирковые афиши, и те сняты со стен. Аляповатые тигры, щерящие пасть, кони на задних копытах, танцующий *медведь в юбке и платочке валяются на полу. В комнате заканчивается обыск. За окном уже наступило белесое пасмурное утро.*

Проворного арестанта на всякий случай приковали к кровати. Он сидел беспокойно, всё ерзал на месте. Помилованная Жалейка мирно спала у хозяина за пазухой, высунув свою размалеванную головку.

Осмотрено было уже всё, кроме книг, которые занимали несколько вместительных полок. Преобладали два вида чтения: книги про животных и дешевые приключенческие библиотеки — про Шерлока Холмса, Ната Пинкертона, Ника Картера.

Саранцев педантично, том за томом, перелистывал Брэма. Алексей проглядывал детективы в цветастых обложках. Двое рядовых филеров стояли над Аспидом, не сводя с него глаз. Один Козловский сидел на стуле нога на ногу и курил папиросу за папиросой.

Он попробовал побудить арестованного к чистосердечному признанию и сотрудничеству, не преуспел и теперь ждал результатов обыска.

Время от времени говорил миму: «Найдем пластину сами — пеняйте на себя», тот в очередной раз отвечал, что не понимает, о какой пластине речь, и на том разговор прерывался.

— Ваше благородие, кажись, что-то есть!

Саранцев держал в руках предпоследний том «Жизни животных». Раскрыл, показал: вся середка аккуратно вырезана, в выемке — прямоугольный сверток.

Циркач уныло вздохнул, повесил голову.

— Я вас предупреждал, Вольф. Теперь ответеться от виселицы будет трудненько. Придется очень-очень поусердствовать.

Князь отшвырнул папиросу (неряшливей в комнате от этого не стало), поднялся.

— Доставай! Что там у него? Для одной фотопластины что-то многовато.

Старший филер развернул бумагу. В ней оказался плотно утрамбованный белый порошок.

— Никак кокаин. Порядочно, с полфунта.

— Ну и что ты мне его суешь? — разозлился Козловский. — Нюхать прикажешь? Пластину ищите!

— Так нет ее... Порошок один.

Непроверенным оставался всего один том. Саранцев потряс его — ничего.

Взъярившись, князь схватил арестованного за ворот.

— Где фотопластина? Скажешь ты, или душу вытрясти?!

— Что вы ко мне привязались?! — закричал Аспид. — Нашли коку — радуйтесь! Валяйте, конфискуйте! Отбирайте у бедного человека последнее! Пластину какую-то придумали! Ворвались, избили, перевернули всё! Подумаешь, преступление — кокаин! Еще виселицей грозит, нашел идиота! Стоило из-за ерунды целое войско полиции насылать!

Что-то здесь было не так. Тронув за локоть матерящегося начальника, Романов сказал:

— Мы не полиция. Мы военная контрразведка. Господин Вольф, вы подозреваетесь в шпионаже.

У Аспида отвисла челюсть. Понадобилось еще несколько минут, чтобы он уразумел, насколько серьезно обстоит дело. А потом циркача прорвало. Он клялся, крестился слева направо и справа налево, божился, что в глаза не видывал никакой фотопластины, всей душой предан матушке России и воевать с проклятыми тевтонами не пошел только по причине нервной болезни, по всей форме засвидетельствованной медицинской комиссией.

Слушая эти заверения, ротмистр поскучнел лицом.

— Если вы не шпион, зачем по трубе удирали, а потом по крышам скакали? По трубе-то еще ладно. Предположим, бандитов испугались. Но если вы приняли нас за полицию, как можно было распускать руки? И шею запросто могли себе свернуть. Чего ради? Сами же сказали, обладание кокаином — не преступление. А вот сопротивление властям — это верная тюрьма. Не врите мне, Вольф! Говорите правду!

Помолчав, Аспид неохотно сказал:

— Я думал, вас он прислал...

— Кто «он»?

— Каин. Этот ведь оттуда. — Арестант кивнул на Романова.

— Владелец кабаре? Но зачем ему устраивать на вас нападение?

Ответ был едва слышен:

— Коку-то я у Каина потянул. По-тихому... Хотел скинуть. Подумал, Каин меня расколол и своих косто-ломов подослал. Наденут наручники, станут мордо-вать. Для острастки другим могут вчистую кончить... Вот и решил не даваться...

Князь взял прапорщика за руку, вывел за собой в коридор.

— Хреново, Лёша. Боюсь, попрыгун говорит прав-ду. Обсдались мы с тобой. Только время потеряли да шуму наделали... — Он задумался. — Хотя шум — де-ло поправимое. Эй, Саранцев! Этого в камеру, пусть посидит денек-другой.

— За что?! — возмутился Аспид. — Нет такого за-кона! Подумаешь, кокаин. Не самогонка же!

С юридической точки зрения он был прав. Сопро-тивление представителям власти инкриминировать ему было нельзя — ведь набросились на него безо вся-кого предупреждения, не говоря уж об ордере. А факт владения наркотиком, даже с намерением продажи, уголовно наказуемым деянием не является. Незадол-го перед войной в Гааге состоялась Международная антиопиумная конференция, на которой было при-нято решение бороться с наркотической напастью за-претительными мерами, но соответствующих законов в России разработать еще не успели. Максимум того, что можно было сделать, — изъять кокаин как добы-тый сомнительным путем, поскольку владение таким большим количеством наркотика требует соответствующей документации. Конечно, если бы владелец кабаре обвинил Вольфа в краже — другое дело, но рассчитывать на это не приходилось. Вряд ли «южноамериканец» сможет предъявить достаточное количество рецептов, чтобы доказать законность происхождения полуфунта порошка, который в аптеках обыкновенно продают дозами по четверти грамма.

— Паршивые дела, — подвел итог Козловский.

— Что же мы будем делать?

Князь постучал себя пальцем по голове.

— Что-что. Думать.

Придумали

Тот же генеральский кабинет, в котором почти ничего не изменилось. Только на карте германского фронта линия флажков сдвинулась еще дальше к востоку — Великое Отступление продолжается, ему не видно конца. За два минувших дня русская армия откатилась еще на полсотни верст.

*Близится вечер, но стемнеет еще не скоро. Прозрач-
ный свет, просеивающийся через сплошные облака, как
сквозь пыльное стекло, безрадостен и ряб. Солнца не было уже много дней.*

Присутствовали все те же: хозяин кабинета, несчастный отец и двое исполнителей. Совещание только что началось.

— Ну что, подполковник, всё сделали, как должно? — спросил Жуковский.

— Приказ исполнен в точности. Утром говорил по
телефону из коридора, возле дверей ее спальни. Громко. Сказал, что нездоров, попросил доставить схему
ко мне домой. Специально повторил: «Да-да, вот именно. Схему артиллерийских позиций Новогеоргиевской цитадели».

— Уверены, что она вас слышала?

Сегодня Шахов держался лучше, чем в прошлый
раз. Эмоций старался не проявлять, был очень сдер-
жан, деловит, даже сух.

— Разумеется. Сон у Алины чуткий. Сразу после
этого она вышла. Сказала, что сама будет за мной ухаживать. Сварит-де полоскание по рецепту покойной
матери, приготовит завтрак. Была очень мила. Горничную попросила отпустить... — Подполковник выставил вперед седоватую бородку. Его лицо казалось
вырезанным из камня. — Я сделал вид, что тронут.

Горничную отправил. Когда доставили бумаги, сел с ними в кабинете...

— Дальше, дальше, — поторопил генерал.

— Слушаюсь, ваше превосходительство. Регистрировал время, как вы приказали. Схему привезли в 10.15. В 10.43 ко мне постучалась Алина. Принесла завтрак. Сообщила, что полоскание приготовлено и что его лучше сделать до еды. Я вышел в ванную. Отсутствовал семь минут. Когда вернулся, дочь сказала, что сходит в аптеку за эвкалиптовой микстурой.

— Это было во сколько?

— Сейчас... Она вышла в 11.10 и вернулась через двадцать одну минуту, с пустыми руками. Микстуры в аптеке не оказалось.

Козловский поднял палец, прося разрешения вставить слово.

— По сводке наружного наблюдения видно, что из подъезда она не выходила.

Подполковник болезненно улыбнулся:

— Конечно, не выходила. И не собиралась. Ей нужно было сделать звонок. Из дома телефонировать она не могла, но внизу, в швейцарской, стоит аппарат. Улучить момент для звонка нетрудно. Швейцар часто отлучается проводить кого-нибудь из жильцов до экипажа.

— Так точно. — Князь смотрел в записи. — В 11.16 ливрейный сажал в ландо даму с багажом. И потом, в

11.23, выходил принять чемодан у господина в виц-мундире Министерства путей сообщения.

— Это статский советник Сельдереев, с третьего этажа. — Шахов опустил голову. — И последнее, что я должен вам сообщить... Час назад, когда я выходил из дома, я прощупал ридикюль. За подкладкой лежит что-то квадратное...

Его превосходительство переглянулся с помощниками.

— Ну-с, господа, наживка снова насажена. Схема благополучно сфотографирована, германский резидент извещен. На этот раз шпионка явно торопится, хочет передать снимок сегодня же.

Как подполковник ни крепился, но слова «шпионка» не выдержал.

— Не называйте ее так! Алина не шпионка! Ее чем-то запугали, ее запутали!

— Скорее, посадили на наркотический крючок, — сказал ротмистр со всей мягкостью, на какую был способен.

А генералу было не до отцовских переживаний. Начальник контрразведки неделикатно щелкнул пальцами.

— Что ж, исполним нашу репризу на бис. Надеюсь, с бóльшим успехом, чем в прошлый раз. Как наш солист, готов?

Он шутливо воззрился на прапорщика, который скромно сидел в сторонке и помалкивал.

— Готов, ваше превосходительство! — вытянулся Романов. — Осталось только глаз на лбу пририсовать.

Он был в полной экипировке, только сменил желтую блузу на такую же небесно-голубого цвета.

Глядя на эпатиста, Жуковский расхохотался.

— Как это вас в штаб Жандармского корпуса пропустили?

— С трудом, ваше превосходительство...

— Пришлось мне за ним спускаться, — тоже смеясь, объяснил ротмистр.

Скрипнув ремнями, из кресла поднялся Шахов.

— Господин генерал, прошу извинить, что порчу общее веселье, но я все-таки скажу... — Его лицо подергивалось, но голос был тверд. — Это невыносимо... Подло, наконец. Вы понуждаете меня участвовать в сговоре против собственной дочери! Рисковать ее жизнью!

Веселые морщинки на лице генерала разгладились, вместо них прорисовались другие — жесткие.

—Нет, подполковник. Я даю вам возможность спасти вашей дочери жизнь. Вам известны законы военного времени. Тут пахнет не тюрьмой, а виселицей, без снисхождения к возрасту и полу.

Для наглядности он еще и чиркнул пальцем по горлу.

Алексей представил себе картину. Стоит Алина со связанными за спиной руками. На нее натягивают саван. Накидывают веревку, стягивают на тонкой шее.

Раскрывается люк в полу эшафота, хрустят сломан-
ные позвонки.

Он содрогнулся.

Смертельно побледнел и Шахов. Осел в кресло, закрыл лицо руками.

— Боже, боже... — послышалось его глухое бормо-
тание. — Сижу в шпионском ведомстве и докладываю,
как шпионил за собственной дочерью-шпионкой...

Брови Жуковского сдвинулись еще суровей.

— Что-что?! В каком ведомстве?

— Ваше превосходительство, позвольте? — поспешно произнес Романов, чтобы отвести грозу от несча-
стного подполковника.

— Говорите, прапорщик.

— Владимир Федорович, я познакомился с Алиной
Шаховой. Немного узнал ее. Она... она в сущности не-
плохая девушка. Даже, можно сказать, хорошая... Она
не понимает, что творит. Она больна. Совсем больна.
Ее нужно не судить, а лечить.

— Это будет решать медицинская экспертиза, — ответил Жуковский, но уже чуть менее сердито.

Скотина Козловский негромко, но явственно протянул:

— Певец-то наш опять втрескался.

Не удостоив глупую реплику ответа, Алексей продолжил:

— Я что думаю, ваше превосходительство. А может быть, господин подполковник поговорит с доче-

О, если бъ могъ выразить въ звукѣ
Всю силу страданій моихъ...
муз. Л. Малашкина, сл. Г. Лишина

рью начистоту, по-отцовски? Мне кажется, если с ней правильно поговорить, она всё расскажет. Это ей зачтется как признание. Выйдет проще и надежней, чем расставлять сети непонятно на кого.

Он вопросительно посмотрел на Шахова.

Тот горько покачал головой:

— Увы, молодой человек. Я бы очень этого желал, но ничего не получится. Мы с Алиной слишком отдалились друг от друга. Я для нее — неодушевленный предмет. Средство для добывания наркотика. Если ваше превосходительство позволит, я расскажу один недавний случай... Простите, что отниму время, но это поможет вам понять... — Он сделал неопределенный жест. Хрустнул пальцами. — В прошлом месяце у Алины был день рождения. Моя покойная жена была воспитана в лютеранстве, и у нас в семье отмечали не именины, по-русски, а дни рождения. Вдруг вспоминаю: семнадцатого у Алиночки день рождения. В прошлом году, каюсь, я про это забыл — было не до того. Даже не поздравил. Думаю, нужно искупить вину. Купил ей подарок — дорогой, за два года сразу. Вручаю, поздравляю. А она в тот день была особенно нехороша. Смотрит на сверток без интереса, на меня — будто впервые видит. Кривит губы. Спрашивает: «А вы имеете какое-то отношение к факту моего рождения?» На «вы» она меня уже давно называет, я привык. Но здесь, конечно, был уязвлен. Более всего тем, что она даже не пыталась меня оскорбить, а казалась искренне удивленной. Я попробовал перевести в шутку: «Никаких сомнений. Ты родилась ровно через девять месяцев после свадьбы». Она очень серьезно выслушала, кивнула и вдруг говорит: «Если я появилась на свет благодаря вам, то будьте прокляты». Вот такие у нас отношения. Сердечность дочь проявляет, лишь когда ей нужно проникнуть ко мне в кабинет с известной целью.

Подполковник криво улыбнулся, а Романов вспомнил, как Алина говорила про отца: «что-то такое сверкнет серебряным плечом, дохнет табаком». Пожалуй, идея закончить дело по-семейному действительно не годится.

— Не забывай, Алеша. Она морфинистка, — серьезно, без подтрунивания сказал князь. — У этой публики нет своей воли, они живут от дозы до дозы. Все прочее для них — дым, мираж.

Конец обсуждению положил Жуковский:

— Ротмистр абсолютно прав. Наркоманы непредсказуемы и ненадежны, но при этом очень хитры и изобретательны. Шахова может наврать отцу, наплести небылиц, а сама предупредит резидента, и дело будет провалено. Нет, господа, продолжаем лов на живца. Только уж вы, Романов, не оплошайте. От ридикюля не отходить ни на шаг, что бы ни случилось. Это приказ, ясно?

«Даже если Шаховой будет угрожать опасность?» — хотел спросить Алексей, но покосился на отца Алины и промолчал. Приказ был сформулирован яснее некуда.

Спустилась ночь, зажглись огни

ал кабаре наполовину пуст. Еще рано, завсегдатаи только собираются. За кулисами настраивают пианино. То и дело мигает свет — что-то не в порядке с электричеством, но это мерцание как нельзя лучше соответствует гротескному интерьеру клуба. То сгустятся, то исчезнут тени. Бесчисленные кривые зеркала вспыхивают огнями, темнеют, снова оживают.

Сегодня Романов пришел задолго до Шаховой. Никуда она не денется, доведут от дома в наилучшем виде. А у прапорщика была своя задача — попробовать найти черно-белого человека в алых перчатках. Тот, вероятно, тоже будет высматривать желтую блузу, но «Армагеддон» сегодня в голубой. Правда, интересный незнакомец тоже мог переодеться...

Волновался Алексей гораздо сильнее, чем вчера. Второй раз опозориться перед князем, перед Жуковским будет немыслимо. Лучше пулю в лоб! Нет, даже этого нельзя, а то скажут: у бедняги всегда были суицидальные наклонности. Если уж умирать, то не от своей руки, а от немецкой. Но для этого ее, немецкую руку (предположительно в алой перчатке), еще предстояло отыскать.

Мефистофель приветствовал Романова у входа как старого знакомца. Поздоровались и некоторые из вчерашних.

«Кровосмеситель» крикнул:

— Привет, Трехглазый. Сбацаешь нам на фортепьяно?

«Палач» блеснул глазами через маску и кивнул.

«Беспутная» подошла и поцеловала.

Эпатисты приняли новичка в свою компанию. Это-то хорошо, но, сколько Романов ни приглядывался, алых перчаток ни на ком не увидел. У «Палача» были красные, но иного покроя — кожаные, с раструбами. Зато мужчин, одетых в черное и белое, Алексей насчитал с полдюжины. Это еще без вчерашней команды «рентгенов», у любого из которых, как знать, могли иметься алые перчатки. Никого из них в кабаре пока не было.

Больше всего народу стояло вокруг центрального стола, где Селен рассказывал об ужасных событиях минувшей ночи. Его слушали с ахами и охами, барышни хватались за сердце.

Поэт был интригующе бледен. Даже фиолетовый синяк под глазом не портил его импозантного вида — наоборот, смотрелся очень живописно.

— ...Одного из головорезов я поверг наземь приемом бокса, второму свернул челюсть, — услышал Романов, приблизившись. — Но что я мог один против восьмерых? Аспид струсил, убежал. Все меня бросили! — Укоризненный взгляд на сидевшую рядом Любу, которая безропотно приняла упрек. — Страшный удар обрушился на меня. Я лишился чувств и дальше ничего не помню... Мерзавцы раздели меня донага.

— Всё так и было, — подтвердила Люба. — Хорошо, не зарезали, фармазонщики. Ужас что творится! На улицу не выйдешь.

Она улыбнулась Алексею как доброму приятелю и притянула от соседнего стола пустой стул — настоящая барышня никогда бы этого не сделала.

— Привет! Садись!

Удивительная все-таки вещь естественность. Даже когда вокруг одни ломаки, жеманники с жеманницами, в которых всё фальшь и претензия, так что через какое-то время начинает казаться, будто именно это и есть единственно возможный стиль поведения, — вдруг появится простой, естественный человек, и сразу видно: кто настоящий, а кто сделан из картона.

Прапорщику пришла в голову мысль переговорить с танцовщицей, которая наверняка хорошо знает и публику, и персонал клуба. Можно как-нибудь ненароком навести разговор на алые перчатки...

Он сел и для начала спросил:

— Почему ты сегодня в таком наряде?

Она была в черном костюме с широкими белыми зигзагами на груди, на голове шапочка, лицо густо на-

Но не любилъ онъ, нѣтъ, не любилъ онъ,
Ахъ, не любилъ онъ меня.
Муз. А. Гуэрича, русскій текстъ Н. Медвѣдева

пудрено, глаза подведены, на лбу сажей нарисованы изломанные брови.

— Я нынче Черный Арлекин из «Бала безразличных». Мелодекламации сегодня не будет. Селен в расстроенных чувствах, и Аспид не придет. Квартирная хозяйка позвонила, он ногу подвернул. Наверно, когда от бандитов драпал.

— Да ты что? — изобразил он удивление и вдруг сообразил: вчера они были на «вы», а сегодня сразу, даже не заметив, перешли на «ты».

С Алиной произошло наоборот. Как странно. Отношения между людьми выстраиваются сами собой, словно текущая по земле вода, которая безошибочно находит свою траекторию.

Электричество в очередной раз мигнуло и погасло совсем.

— Опять на станции что-то, — сказала из темноты Люба. — В последнее время все чаще. Война...

В разных углах зала появились неяркие огни — это официанты начали расставлять по столам керосиновые лампы.

— Сюда не надо, — сказал Селен, прервав рассказ, обраставший все новыми драматическими подробностями. — Тьма, изгоняющая свет, — это прекрасно.

Чтоб тебя черт побрал, декадент хренов, с тревогой подумал Романов. Придет Шахова — ридикюля не разглядишь.

Он огляделся. Зал весь состоял из островков слабого света, окруженных мраком. Романтично, но для дела очень нехорошо.

По счастью, через минуту электричество вспыхнуло вновь.

— Алину высматриваешь? — спросила Люба.

Он вздрогнул.

— С чего ты взяла?

— Влюбился, — грустно констатировала она.

Это обыкновенное слово прозвучало в эпатистской компании как-то очень наивно, по-детски. Здесь никто ни в кого не влюблялся. Здесь отравлялись ядом чувств, пылали любовным экстазом, самое меньшее — сгорали от страсти.

Романов покосился на соседей — не слышат ли. Кажется, услышали...

— Пьеро влюблен, Пьеро влюбился! — продекламировал Мальдорор.

— Что за чушь! — шепотом обругал Любу прапорщик.

— Не чушь. Такие, как ты, всегда влюбляются в таких, как она, — все так же печально, но уже тише сказала танцовщица.

— «Такие, как я»? Провинциалы в стильных столичных барышень?

— Нет. Сильные в слабых. Вам мерещится, что вы их спасете. А им, может, спасаться и не хочется. Это во-первых.

— А во-вторых?

Из-под насмешливо изогнутых бровей Арлекина на него смотрели совсем невеселые, полные сострадания глаза.

— А во-вторых, вас самих спасать надо. Но женщину, которая может это сделать, вы ни за что не полюбите...

Ужасно милая, подумал Алексей. Однако следовало держать марку. Мальдорор с любопытством вслушивался в тихий разговор и всё язвительней ухмылялся.

— Тебе не в кабаре выступать, а лекции читать в университете. По психологии, — засмеялся Романов.

Но она не обиделась, а тоже улыбнулась. И встала.

— Мне пора. Надо еще намалевать рот до ушей.

Едва Люба ушла, снаружи донеслась заливистая трель свистка. Это был условный сигнал.

Никому не показалось странным, что после ночного инцидента перед клубом учрежден полицейский пост. Усатый городовой при кобуре и с «селедкой» на боку важно прохаживался по тротуару, пуча глаза на диковинных посетителей ночного заведения. Служивый заметно прихрамывал, но и это было неудивительно: в полицейских частях недавно прошла мобилизация на фронт, не тронули лишь пожилых и ограниченно годных. Очень уж Козловскому хотелось быть поближе к месту событий, а то со своей негнущейся ногой он вечно поспевал лишь к шапочному разбору...

План был таков.

Как только появится Шахова, негласно сопровождаемая филерами из службы наружного наблюдения, двое парней Саранцева, что дежурят на той стороне улицы, затевают ссору. Городовой, естественно, свистит, призывая скандалистов к порядку. Это знак для Романова: встречай гостью. Нужно проследить, не встретится ли с кем-нибудь Шахова в вестибюле или коридоре...

— Вы? — обрадованно сказал Алексей, подгадав оказаться у дверей, как раз когда Алина здоровалась с Мефистофелем. — Хотел подышать воздухом, но теперь, пожалуй, останусь.

Барышня выглядела гораздо хуже, чем вчера ночью. Болезненно бледна, под глазами круги, да еще эти губы, выкрашенные в цвет сирени... Нет, не выкрашенные, понял Алексей, приблизившись.

— Не смотрите, — попросила она. — Я знаю, что похожа на труп.

— Как вы можете это говорить!

— Слава богу! — воскликнула она, потому что вновь погас свет. — Не правда ли, я сразу похорошела? Дайте руку.

Он повел ее в зал, на красноватый свет настольных ламп.

Поцеловавшись с Селеном и кивнув остальным, Шахова села на место Любы. Сумочку повесила.

Прапорщик устроился рядом. На правах кавалера положил руку на спинку соседнего стула, совместив приятное с необходимым. Ладонь слегка касалась острых лопаток хрупкой барышни, а локоть надежно прижимал ремешок ридикюля.

Алина сидела беспокойно, разглагольствования Селена не слушала. По ее телу временами проходила дрожь.

Взялась за сумочку, и прапорщик сразу насторожился — но Шахова просто достала пахитоску.

— У меня нет огня... — Она беспомощно огляделась. У их стола никто не курил. — Зажгите, пожалуйста, Алеша... Ничего, мне будет только приятно.

И сама сунула пахитоску ему в рот.

Польщенный этим знаком близости, он отошел к соседнему столу, за которым тоже никто не курил, но, по крайней мере, там горела лампа.

— Одолжи адского огня, служитель Смерти, — легко сказал Романов сидевшему там Палачу.

Тот важно кивнул своей зачехленной башкой.

Снова зажглось капризное электричество. Наклонившись, прапорщик прикурил. Когда выпрямился и обернулся, чуть не выронил горящую пахитоску.

Стул Алины был пуст! Барышня исчезла. Неужели она отослала его нарочно?

Но ридикюль был на месте. В следующую секунду Романов увидел и Шахову — она, как вчера, поднималась на сцену. Должно быть, ее опять поманила рука в алой перчатке.

Первым делом Алексей присел и, опершись о спинку пустого стула, ощупал сумочку. Фотопластина была на месте.

Инструкция предписывала оставаться здесь, что бы ни происходило. Но упускать таинственного собеседника Шаховой прапорщик был не намерен. Он придумал заранее, как поступит в этом случае.

— Вот рассеянная, — громко сказал Романов. — Сумочку забыла!

Снял ридикюль и быстро пошел к сцене — сегодня Алина не остановилась у края кулис, а скрылась за ними.

Мальдорор шутовским голосом продекламировал ему вслед песню влюбленного Пьеро из блоковского «Балаганчика»:

> Неверная! Где ты? Сквозь улицы сонные
> Протянулась длинная цепь фонарей,
> И, пара за парой, идут влюбленные,
> Согретые светом любви своей!

Уже на сцене Алексей, заколебавшись, остановился. Что если никто Шахову не звал, а она отправилась за кулисы сама? И рядом с нею никого нет?

Догонит он ее, вручит ридикюль, она скажет «мерси» — и что потом? Плестись назад без сумочки? Если Алина отправилась на поиски человека в алых перчатках, она наверняка захочет отделаться от лишнего свидетеля...

В кармане сцены сегодня было темно, зато портьера, отгораживавшая засценное пространство, багровела светом. Идти туда или вернуться за стол?

Вдруг из-за портьеры раздался сдавленный женский вскрик.

Скользнув в закулисье, Романов на цыпочках сделал несколько шагов и осторожно отодвинул тяжелую ткань.

Драма за кулисами

О*свещенная лампой площадка. Пианино с горящими в канделябрах свечами. На нем недавно играли — крышка поднята. Сверху на инструменте стоит черный лакированный череп, с которым вчера выступала исполнительница поэзы. За пианино белеет ширма. Чуть в стороне возвышаются две античные колонны — должно быть, часть декорации для какого-нибудь номера. Остальная часть складского помещения, заставленная огромными ящиками, тонет во мраке.*

Весь этот антураж прапорщик вчера уже видел, да и не было у него сейчас времени озираться по сторонам. За кулисами творилось нечто совершенно возмутительное.

Плотный господин с холеной бородкой, в черном фраке и белой рубашке, держал Алину за горло рукой в алой перчатке. На манжете сверкала золотая запонка. Верхняя часть лица у невежи была прикрыта бархатной полумаской. В оскаленных зубах зажата сигара.

Это был *он*, вне всякого сомнения! Тот, кто вчера шептался с Алиной и потом курил в гардеробе.

— Каин, не надо! — пискнула Алина.

Вот, значит, кто это. Владелец кабаре, кокаиновый король, уругвайско-парагвайский подданный — дон Хулио Фомич собственной персоной.

Рядом, сложив на груди могучие руки, стоял Мефистофель и с ухмылкой наблюдал за происходящим.

Бедняжка Алина лишь беспомощно взмахивала своими тонкими ручками, даже не пытаясь высвободиться.

— Я тебя по-хорошему предупреждал, сучка... — цедил человек в маске. Сигара покачивалась у него во рту.

От ярости у Романова потемнело в глазах. Единственное, на что у него хватило рассудка (очень уж крепко засел в голове приказ генерала), — это сунуть ридикюль за пазуху.

С криком «Скотина!» прапорщик выбежал из своего укрытия. Отодрал хама от барышни и от всей души, с размаху, влепил ему великолепную плюху — чернобелый отлетел к пианино и ударился об него спиной.

Сатана тамъ правитъ балъ,
тамъ правитъ балъ!
Сатана тамъ правитъ балъ,
тамъ правитъ балъ!
муз. Ш. Гуно, сл. великаго и.-В. Гете

Благородный инструмент приветствовал акт возмездия торжествующим утробным гулом.

Ушибленный господин сполз на пол, причем пола фрака у него завернулась, и стало видно, что подкладка такого же алого цвета, что перчатки.

— Мефисто! — взвыл он, выплевывая сигарные крошки и осколки зубов.

Алексей повернулся к вышибале, и очень правильно сделал.

Детина натягивал на пальцы шипастый кастет. Ухмылка не исчезла с его грубой физиономии — наоборот, стала еще шире. Этот нисколько не испугался, а, кажется, даже обрадовался возможности отличиться перед хозяином. Он был на полголовы выше прапорщика, раза в полтора тяжелее и, должно быть, не сомневался, что легко справится с несерьезным противником.

Инструктор по рукопашному бою подпоручик Гржембский учил своих питомцев: «Сила всегда проиграет скорости. А сила грубая, негибкая обращается против самой себя».

Могучий удар рассек воздух над головой быстро пригнувшегося Романова. Мефистофеля развернуло боком, что дало Алексею возможность влепить верзиле отменный хук в солнечное сплетение. Ощущение было такое, словно кулак ударился о гранитную плиту.

Первая стычка закончилась, можно сказать, с нулевым счетом.

Сверкающий сталью кулачище с удвоенной силой замахал перед лицом прапорщика, но и тот в ответ удвоил скорость движений: уходил в сторону, нырял, отскакивал, при каждой возможности нанося ответные удары. Каждый достигал цели, каждый был точен — носком ботинка в пах, каблуком в коленную чашечку, но Мефистофель только крякал и еще напористей лез вперед, словно броненосная новинка «танк», говорят, совершенно неуязвимая для пехоты.

И так непростую задачу осложняла мадемуазель Шахова. Она не убежала, даже не отступила в сторону — осталась стоять на том же месте, лишь прижала руки к груди и зажмурилась. Вероятно, ей опять казалось, что всё это не явь, а ужасный сон, который когда-нибудь сам по себе развеется.

Приходилось пятиться, широким кругом обходя девицу, чтоб ее случайно не задели.

«Дон Хулио» в сражении не участвовал. Он прижимался к пианино, тер платком окровавленные губы и подгонял своего клеврета кровожадными возгласами:

— Проломи ему башку! Это вчерашний филер! Просто сегодня он в голубом!

— Мы искали друг друга и нашли, — съязвил Романов.

Делать этого не следовало. Подпоручик Гржембский сколько раз говорил: «Главное в схватке — ничего не упускать и ни на что не дистрагироваться.

Малейшая деконцентрация внимания может стоить жизни».

Всего на долю секунды повернул Алексей лицо к господину Каину — и чуть не угодил под кастет, от соприкосновения с которым голова разлетелась бы, как глиняный горшок. Верхняя часть тела качнулась назад слишком быстро, ноги за ней не поспели. Прапорщик взмахнул руками, не удержался, упал.

— Живей, Мефисто. Что ты тянешь? — Каин хищно наклонился вперед. — Добей его!

От своей оплошности, от постыдного падения (хорошо еще, что у Алины закрыты глаза) Романов, во-первых, обозлился, а во-вторых, перестал ребячиться. Что за идиотизм — устраивать корриду с бешеным быком, когда в кармане есть револьвер.

— Я тебе покажу «добей»! — обиделся отличник контрразведывательных курсов. — А ну-ка руки, сволочи!

Он бы еще и не так их обозвал, если б не барышня.

«И ни в коем случае не впадать в ярость, не терять sang-froid*, — учил инструктор. — Чаще всего ошибки происходят именно из-за этого».

Ошибка заключалась в том, что Романов взял на мушку не главного фигуранта, а второстепенного. Мефистофель, увидев черную дырку ствола, допустим, замер и даже приподнял кверху свои ручищи. Зато па-

---

* Хладнокровие (*фр.*).

рагваец с неожиданным проворством юркнул за пианино и пропал.

— Стой! Убью!

Алексей переполошился — то есть совершил еще одну серьезную ошибку.

Сверху на него падало что-то белое, громоздкое, ребристое. Это Мефистофель, воспользовавшийся тем, что враг отвернулся, толкнул на него античную колонну.

Она ударила прапорщика по голове, но не проломила ее, а произвела сухой легкомысленный стук — вообще оказалась удивительно легкой. Обхватив колонну руками, Алексей понял, что она бутафорская, из папье-маше.

Однако пока он обнимался с архитектурным изделием, пропал и второй неприятель — из-за ширмы донесся удаляющийся топот.

— Куда? Назад! — заорал Романов, бросаясь вдогонку.

Чертов свет, исправно горевший во время закулисной баталии, выбрал именно этот миг, чтобы опять погаснуть. Алеша успел заметить, как «дон Хулио» ныряет в один зазор между дощатыми ящиками. Мефистофель во всю прыть несся к другому, расположенному правее.

Погоня в кромешной тьме, среди запакованных роялей, — занятие малоприятное. Началось с того, что прапорщик неверно рассчитал направление и не сра-

Вернись, я всё прощу — упреки, подозрѣнья,
Мучительную боль невыплаканныхъ слезъ.
Укоръ твоихъ рѣчей, тревоги и сомнѣнья.
Позоръ и стыдъ твоихъ угрозъ.
муз. В. Ленскаго, сл. Б. Прозоровскаго

зу нашел проход. Потерял несколько бесценных мгновений, шаря рукой по шершавой поверхности.

Электричество мигнуло, и он увидел, что находится в узкой, не шире метра, щели, которая упирается в здоровенный короб с клеймом «ДОСМОТРЕНО ТАМОЖНЕЙ. 28 iюля 1914» — напоминание о невозвратной эпохе, когда Германия посылала на восток эшелоны с товарами, а не с войсками. От короба можно было свернуть направо или налево. Убегающие враги находились где-то очень близко, но их было не видно — ни одного, ни другого.

Не успел Алексей сделать и двух шагов, как свет потух. Теперь он, будто играясь, вспыхивал и гас с интервалом в секунду: довольно, чтобы окончательно не запутаться в зигзагах щелей и проходов, но недостаточно, чтобы избежать ударов о жесткие ребра ящиков.

Хуже всего, что прапорщик метался среди германских фортепианных бастионов вслепую, а владелец клуба и его подручный явно знали, куда держат путь.

Сообразив, что громогласно угрожать смертоубийством — лишь выдавать свое местоположение, Романов умолк и постарался передвигаться как можно тише. По крайней мере теперь стало возможно ориентироваться по звуку шагов стремительно улепетывающих противников. Оба, каждый своим путем, двигались к дальней стене склада. Вероятно, там имелся запасной выход.

Алексей попробовал приспособиться к пульсирующей сме́не тьмы и света. Как только воцарялся мрак, он зажмуривался и выставлял вперед левую руку, чтоб не налететь на препятствие. Когда же сквозь сомкнутые веки видел, что светло, снова открывал глаза.

Лязгнул металл. Заскрипели дверные петли. Снова лязг.

Алексей побежал быстрее.

Поворот, еще поворот — и лабиринт кончился. Впереди была кирпичная стена, посередине которой зеленела облупленной краской железная дверь с отодвинутым засовом — он-то, очевидно, и лязгнул несколько секунд назад.

Ну, теперь далеко не убежите!

Он подбежал к двери, рванул за ручку, потом толкнул от себя — створка не подалась.

Тут Романов вспомнил, что металл лязгнул дважды. Проклятье! Значит, снаружи есть еще один засов, и беглецы успели его задвинуть...

Замычав от бессильной ярости, молодой человек приложился лбом к холодному металлу.

Упустил... Ушли...

— Алеша! — послышался издалека слабый голос. — Алеша, вы где? Что с вами?

Он обернулся.

Еще не все потеряно. Самое время потолковать с мадемуазель Шаховой начистоту.

Разговор начистоту

П ианино с открытой крышкой. Свет погас и больше не зажигается, но горят свечи в канделябрах. Их пламя колышется, по огромной белой ширме бегут тени, на лакированной поверхности черепа поблескивают искры.

Приглушенный шум зала. Гулкие шаги, приближающиеся из темного чрева склада. Прерывистое дыхание девушки.

— Не бойтесь, Алина, это я! — громко сказал Романов, понимая, как ей сейчас страшно. — Они сбежали. Здесь больше никого нет.

Когда он вышел из-за ширмы и на него упал отсвет свечного пламени, Алина, стоявшая на том же самом месте, бросилась навстречу и прижалась к его груди. Ее сотрясала нервная дрожь, зубы дробно постукивали.

Осторожно обняв худенькие плечи, Алексей прошептал:

— Ну всё, всё. Я прогнал их. Они не вернутся.

Если он думал ее успокоить, то ошибся. Шахова затрепетала пуще прежнего.

— Что вы натворили?! — жалобно воскликнула она. — Кто вас просил? Зачем вы вообще сюда явились?

— Я принес вашу сумочку. Вы забыли ее на стуле, — произнес он со значением.

— Скажите, какая галантность. — Она отодвинулась от него, повесила ридикюль на плечо и уныло обронила: — Всё, конец... Теперь мне только в петлю. Он мне больше ничего не даст...

— Кто, Каин? Не даст морфия, вы хотите сказать?

Она безжизненно кивнула, всё сильнее дрожа.

— Мне плохо... Если б вы знали, как мне плохо...

— Почему он на вас накинулся?

— Я ему. Должна деньги. Много. Вчера обещала. Вернуть... Вам этого. Не понять. Я дитя Луны. А вы — Солнца...

Шахова роняла слова, делая паузы между ними не по смыслу, а как придется. Дыхание у нее было коротким и прерывистым.

— Да чего тут понимать? Привили вам зависимость от наркотика, а теперь заставляют... — Слово «шпионить» он вслух не произнес. Очень уж она сейчас была несчастной. — Ничего, мы этот клубок распутаем. А вас вылечим. Я сумею вас защитить. Честное слово. Только прошу: расскажите мне всю правду.

Она подняла на него ввалившиеся, воспаленно блестевшие глаза и неожиданно улыбнулась. Пробормотала:

— И правда ведь защитит. Вон и пистолет у него. Где вы только раньше были, Ланселот Озерный?

У него запершило в горле. Смотреть на нее смотрел, а говорить не решался.

— Не смотри на меня так, Трехглазка, — тихо сказала она. Подняла руку, закрыла ему один глаз, потом второй. — Спи глазок, спи другой. А про третий-то и забыла...

Погладила по нарисованному оку. Отвела со лба прядь волос — мушкетерская шляпа слетела с Алешиной головы во время драки.

Пальцы у нее сегодня были до того горячие, что их прикосновения казались ему обжигающими.

Они стояли лицом друг к другу перед раскрытым пианино. Рядом не было ни души, лишь черный череп пялился на Романова своими пустыми глазницами.

Ужасная усталость накатила на прапорщика. Больше не было сил притворяться, ходить вокруг да около. Наступило время для настоящего, искреннего разговора.

Он пробежал рукой по клавишам. Пальцы сами, словно задавая беседе тон, рассыпали в тишине несколько хрустальных нот.

Эти нежные, неуверенные, чистые звуки сделали всякую ложь окончательно невозможной.

— Вы давеча сказали, что я светлый и ясный... Так вот, я не светлый. И не ясный...

Алина тоже тронула клавишу — вышло нечто ласковое и немного лукавое.

— Ну да, вы же Армагеддон, отъявленный эпатист.

— Я не эпатист. Я сотрудник контрразведки.

Она отдернула руку, задев клавиатуру уже ненарочно. Звук получился смазанным, нервным.

Мнѣ всё равно, страдать иль наслаждаться,
Къ страданьямъ я привыкла ужъ давно.
Готова плакать и смѣяться,
Мнѣ всё равно!

муз. А. Даргомыжскаго, сл. Ѳ. Миллера

— Что?!

— Я всё про вас знаю. Дайте сумочку.

Он вынул из-за подкладки завернутый в бумагу квадратик и помахал им у девушки перед носом.

— Не нужно запираться. Лучше рассказать правду.

Ее лицо изменилось — как будто окуталось туманом.

— ...Сон... Всё сон... — прошептала она.

— Никакой не сон, а обыкновенный шпионаж! Этот ваш Каин — агент германской разведки. Вы фотографируете документы, а они потом оказываются у немцев! Проснитесь, Алина! Придите в себя! Это не шутки, это государственная измена!

Ему очень хотелось взять ее за плечи и как следует потрясти, чтобы вывести из сомнамбулической отрешенности, но нельзя было распускать руки, уподобляться гнусному Каину.

За ширмой

Посмотреть издали — ширма как ширма. Японская, из рисовой бумаги. Белый фон, на нем серебряные хризантемы. Но вблизи видно, что ширма не настоящая, а бутафорская, вроде валяющейся на полу *коринфской колонны. Во-первых, эта трехстворчатая перегородка слишком велика, гораздо шире и выше пианино. Во-вторых, цветы намалеваны без восточного изящества, смотреть на них нужно из зала.*

Со стороны открытой площадки, освещенной свечами, ширма кажется непроницаемым светлым задником, за которым — густая тьма. Если же расположиться по ту сторону хризантем, вид получается совсем иной. На белом экране разворачивается театр теней: черный прямоугольник пианино окружен теплым, слегка покачивающимся сиянием; над верхней кромкой контур двух голов — одна в шляпке с ниспадающими на плечи волосами, вторая коротко стрижена.

Именно оттуда, из темноты, затаившись между большими ящиками, к разговору прислушивался человек. Лиц собеседников он не видел — лишь чуть размытые силуэты, но не пропускал ни единого слова.

Когда мужской голос сказал про «обыкновенный шпионаж», неизвестный поднял правую руку, для лучшего прицела подхватил пистолет левой и навел мушку на тот кружок, что покруглее — без головного убора. Расстояние до мишени было плевое, шагов десять. Но стрелять подслушивающий не спешил.

— Что вы мне суете? — вяло спросила девушка. — Зачем?

— Действительно, незачем. Вы и так отлично знаете, что там. Чертеж артиллерийских позиций Новогеоргиевской цитадели.

Кажется, стрелок решился. Он снял оружие с предохранителя, приготовился нажать на спуск, но электричество, которое весь вечер вело себя совершенно непредсказуемо, вдруг снова включилось. На складе стало светло, но тени на ширме исчезли.

Так и не успев выстрелить, человек судорожно втянул воздух.

Нервный разговор между тем продолжался.

— Чертеж чего?

— Вы даже не поинтересовались, что вам было поручено сфотографировать? Для вас это просто набор бессмысленных линий, кружков, стрелок и квадратиков. А ведь каждый из них — это люди, тысячи людей. Попади такой документ к врагу, и последствия будут ужасными!

Девушка пролепетала:

— Вы говорите, а я ничего не понимаю... Алеша, мне плохо. Совсем плохо... Позовите Каина. Ну пожалуйста! Скажите ему, я всё отдам! Завтра! Ах, вы не можете, вы его ударили... Что же мне делать? Я гибну!

Свет погас, и театр теней вновь зашевелился. Вернее, двигалась лишь голова в шляпке. Она качнулась к мужской, но та сохранила суровую неподвижность. Тогда барышня отступила на несколько шагов и вышла из-за пианино. Теперь она была на виду вся, тонкая и поникшая.

Рука с пистолетом примерилась. Чуть дернула стволом, наведенным на маленькую мишень — торчащую

Тени минувшаго, счастья уснувшаго
снова, какъ призраки, встаютъ предо мной...
муз. Н. Харито, сл. А. Френкиля

над пианино голову; стремительно перевела дуло на
женский силуэт; вернулась к исходной позиции.

— Смотрите на меня, Алина! Слушайте меня! Каин — германский шпион. Документы, которые вы тайно фотографировали, попадали прямиком к немцам.

— Кто шпион? Каин? Да что вы, Алеша. Он просто
дает мне ампулы и берет за это...

Палец плавно нажал на крючок. Одновременно с
грохотом выстрела пистолет дернулся вправо и выбросил злой язычок пламени еще раз.

На белом экране появились две дырки.

Кошмарный сон

Всё это напоминает тягостный, вязкий сон. Слабый
свет, вокруг чернота. Зыбкие слова, падающие в никуда. Ускользающий взгляд. Блеск черного лака, в
котором отражаются огоньки. Бессмысленный белый
фон с нелепыми, грубо намалеванными цветами.

Болезненное состояние Шаховой было заразно. Прапорщик чувствовал себя как в дурном сне. Бежишь по

тяжелому песку, а с места не движешься. Разговор глухого со слепым! И это чертово освещение! А еще иррациональное чувство, будто кто-то пялится на тебя из пустоты.

Он механически покосился вправо и скривился.

Это лакированный череп, стоящий на пианино, таращился на прапорщика своими черными дырьями да скалил зубы, словно издевался.

А дальше случилось то, что может произойти только в кошмаре.

С оглушительным, ужасающим треском череп вдруг полетел — нет, *ринулся* на Романова. Ударил обомлевшего прапорщика крутым лбом в переносицу. Это было больно и очень страшно. Не устояв на ногах, Алексей рухнул на пол — аккурат на лежащую колонну, то есть туда, куда уже имел неудовольствие падать несколько минут назад.

Грохнуло еще раз. Или, возможно, это было эхо.

В ушах у Романова звенело, из носа текла кровь, ресницы сами собой ошеломленно хлопали.

Что за фантасмагория?

В кабаре кричали и визжали. Верхняя часть ширмы за пианино почему-то покачивалась. Резко пахло порохом.

Первая мысль у Алексея была дикая: декадентствующая девица уволокла-таки ряженого эпатиста в свой кривозеркальный мир, где возможны любые химеры.

Череп, боднувший молодого человека в голову, валялся здесь же, на полу, щерил свои белые зубы. Агрессивности больше не проявлял. Романов схватил зловещую штуковину в руки, повертел. Увидел, что на затылке лак растрескан, там зияет дырка.

И туман в мозгу, следствие контузии и потрясения, рассеялся.

Кто-то выстрелил в череп с той стороны ширмы. Деревянный кругляш, сбитый пулей, угодил Алеше в голову. Отсюда и грохот, и запах пороха.

Но зачем кому-то понадобилось палить в череп?

И потом, выстрелов, кажется, было два?

Прапорщик окончательно пришел в себя. Встряхнулся, как вылезшая из воды собака. Огляделся.

Алина Шахова лежала на полу, выпростав из задравшегося рукава болезненно худую руку. Лицо закрывала шляпа.

Не поднимаясь, прямо на четвереньках, Романов подполз и боязливо сдернул ее.

На него смотрели открытые неподвижные глаза. Лиловые губы были раздвинуты в полуулыбке. На виске вздулся и лопнул багряный пузырь.

— А-а-а-а! — то ли всхлипнул, то ли задохнулся Романов.

Рванул из кармана револьвер и перекатился по полу подальше из освещенного круга, к кулисной портьере.

Невидимый стрелок среагировал на шум — темнота возле ящиков озарилась двумя короткими вспышками. Первая пуля выщербила царапину в полу. Вторая отрикошетила от кирпичной стены в полуметре над прапорщиком.

Даже во мраке, на звук, убийца стрелял превосходно.

Можно было выстрелить в ответ, причем с неплохими шансами на результат — враг обозначил вспышками свое местоположение. Романов и пальнул, тоже дважды, но целил нарочно выше нужного.

Невидимку требовалось взять живым. Иначе всё зря.

Всё в любом случае зря, мелькнуло в голове у Алексея. Если иметь в виду погибшую Алину. Нет такой цены, которой можно было бы оправдать...

Пзззз! Стена над самой головой, противно взвизгнув, брызнула кирпичной крошкой. Теперь стреляли из другого места. Кажется, враг переместился в крайний правый проход между ящиками.

Обежав стороной освещенную ширму, Романов спрятался за здоровенным кубом. В таком должен был таиться как минимум огромный концертный рояль.

Еще выстрел — и басистый, благородный рокот перебитых струн подтвердил это предположение. Пуля прошила и ящик, и инструмент навылет.

На курсах обучали распознавать модель огнестрельного оружия по звуку. Судя по сухому, лающему тембру, убийца был вооружен 9-миллиметровым «маузером К-06/08». Серьезная штука.

* * *

Шуршащий звук шагов.

Кто-то бежал вдоль стены, удаляясь. В лабиринт между ящиками противник нырять не стал. Торопится поскорей унести ноги. И правильно.

Выстрелы наверняка слышны и в клубе, и на улице. Странно, что Козловский и остальные еще не здесь.

Хотя что ж странного? Должно быть, это только Алеше показалось, будто череп полетел в него целую вечность назад, на самом же деле не прошло и минуты...

Он перебрался к крайнему ящику, высунул руку и наугад послал еще две пули.

Тьма огрызнулась один раз и поперхнулась.

Естественно. В магазине «К-06/08» шесть патронов.

Романов выскочил из укрытия, переложил револьвер в левую руку, правой дотронулся до стены и быстро пошел вперед.

Он напряженно прислушивался — не раздастся ли щелчок, с которым встает на место запасная обойма. В этом случае придется упасть на пол и начинать отсчет выстрелов сызнова. А там, глядишь, прибудет подкрепление.

Мрак безмолвствовал. Ни щелчков, ни даже шагов. Противник затаился.

Что он задумал?

Рассчитывает отсидеться? Маловероятно. Скорее, собирается наброситься из засады.

Рисковать было глупо. Тем более что время сейчас работало на Алексея.

Козловский, несомненно, уже в кабаре и выясняет, откуда прогремели выстрелы. Какой бы переполох ни царил в зале, кто-нибудь непременно укажет в сторону кулис. А тем временем подоспеют филеры. Еще минута, и окажутся на складе.

— Выходите! — крикнул Романов, останавливаясь. — У вас кончились патроны, а запасного магазина нет. Иначе вы бы его вставили!

То, что ответа не последовало, неожиданностью не было. Другое дело — внезапно очнувшееся электричество.

Под высоким потолком зажглись лампы. Они светили не так уж ярко, но после абсолютной темноты стало больно глазам.

И все же прапорщик разглядел самое важное. В выемке стены, за пожарным щитом, кто-то прятался — в каком-нибудь десятке шагов.

— Руки вверх, два шага вперед! — торжествующе выкрикнул Романов.

И подлое электричество, будто насмехаясь, опять погасло.

Кто-то легкий, проворный бежал к запасному выходу. Алексей шел сзади неспешно, теперь уже уверенный в успехе.

Загрохотала, заскрипела дверь.

Давай, давай, потыкайся в нее, мысленно подзадорил Романов угодившего в ловушку шпиона.

Спасибо дону Хулио и его верному слуге. Иногда встретишь какого-нибудь отъявленного мерзавца и поражаешься, зачем только живет этакая гнусь? А гнусь, может, появилась на свет и коптила небо ради одного-единственного благого деяния: чтоб в нужном месте и в нужный момент запереть некий засов, тем самым отрезав путь к бегству гадине во сто крат более опасной.

Лампы снова загорелись, но это было уже и не нужно. Мышь так или иначе попала в мышеловку. Однако все равно мерси.

Алексей стоял перед запертым выходом и держал на мушке человека в красном облегающем костюме и глухом капюшоне, закрывающем лицо.

Палач, вот кто это был. Тот самый, что вчера и сегодня постоянно крутился неподалеку от стола, за которым сидел прапорщик...

Ряженый прижимался спиной к закрытой двери. Глаза в прорезях матерчатого колпака горели яростью, как у затравленного волка.

— Ни с места! — тряхнул револьвером прапорщик, видя, что Палач делает шаг вперед. — Застрелю!

— Не застрелишь, — прошептал тот. — Живьем взять захочешь.

Что правда, то правда.

Подняв руку, Алексей высадил остаток барабана в потолок — чтоб Козловский понял, куда бежать. Потом бросил разряженное оружие на пол, слегка присел и выставил вперед руки, заняв оборонительную позицию джиуджитсу.

Противник задержался подле наполовину распакованного ящика, в котором поблескивала крышка пианолы. Отодрал рейку с торчащими гвоздями и кинулся на Алексея.

Удар был не силен и не размашист, с расчетом не оглушить, не сбить с ног, а разодрать лицо. Этот враг был вдвое меньше Мефистофеля, но вдвое опасней. Подобной быстроты прапорщик не ожидал и сплоховал — не успел уклониться. Пришлось закрываться рукой.

Предплечье пронзила боль. Палач с вывертом рванул рейку на себя, отпрыгнул и, не теряя темпа, нанес еще один удар, боковой. Теперь Романов был наготове, но все равно еле увернулся. По разодранной руке струилась кровь.

Неугомонный молчаливый противник все налетал и налетал, нанося короткие, кошачьи удары своим нелепым, но опасным оружием.

И Алексей совершил еще одну грубую ошибку, от которой неоднократно предостерегал своих учеников инструктор Гржембский, любитель иностранных слов. Он говорил: «Не центрируйте внимание на чемто одном. Оно должно работать автономно, само по себе. Кто центрирует внимание, ослабляет периферию».

ВИДНО, БОЛЬШЕ МНѢ НЕ ЖИТЬ,
НЕ СЛУЖИТЬ,
ВИДНО, ГОЛОВУ СЛОЖИТЬ,
ПОЛОЖИТЬ...
СОЛДАТСКАЯ ПѢСНЯ

А Романов, испугавшись ржавых гвоздей, слишком уж следил за когтистой деревяшкой. Потому и пропустил неожиданный маневр Палача — тот внезапно обернулся вокруг собственной оси и подсек прапорщика ногой под коленку. Алексей потерял равновесие и третий раз подряд оказался повержен на пол. Только теперь настырный враг не дал ему подняться, а прыгнул сверху, перехватил рейку обеими руками с концов и попытался пробить упавшему горло гвоздями. Романов едва-едва успел вцепиться в палку, тоже в две руки. Ее отделяло от подбородка всего несколько дюймов.

— Алеша! Ты здесь? — раздался издалека крик Козловского. Загремели шаги сразу нескольких людей. — Отзовись!

Но отозваться было невозможно. Все силы хрипящего от натуги прапорщика уходили на то, чтобы удерживать палку с гвоздями на безопасном расстоянии.

Изобретательный враг физически был несколько слабее Алексея, но зато использовал всю тяжесть своего тела, давя сверху вниз. Дистанция между горлом и хищно поблескивающими гвоздями (их было шесть, теперь прапорщик явственно это видел) неуклонно сокращалась. Глаза убийцы торжествующе горели в отверстиях маски. Пальцы потянули рейку чуть влево, должно быть, метя одним из гвоздей в артерию.

Романов понял: ему не продержаться. Еще секунда-другая, и всё кончится.

А коли так, нечего и упорствовать. К черту инстинкт самосохранения.

Авось не в артерию!

На всякий случай он вывернул голову и выпустил палку.

Два гвоздя из шести вонзились ему в шею, деревяшка с хрустом надавила на кадык. Но зато руки были свободны. Мыча от боли, прапорщик исполнил жестокий, но эффективный прием под названием «Двойной рожок»: одновременно воткнул большие пальцы Палачу в оба уха. Даже при небольшом замахе болевой шок временно парализует противника.

Так и произошло.

— Ы-ы!

И давление на горло ослабело. Глаза в прорезях маски зажмурились.

Дальше было просто.

Снова вцепившись в деревяшку, Алексей выдрал ее из тела. Поднатужившись, опрокинул Палача на пол и сам уселся сверху.

Из проколотой шеи в двух местах текла кровь, но, слава богу, не толчками, а умеренно. Значит, артерия не задета.

— Я здесь! — прохрипел Романов. Голос застревал в полураздавленном горле. — Лавр, я взял его!

Топот ног стал приближаться.

— Кто это? Каин, да? Каин? — нетерпеливо кричал князь, очевидно, опять отставший от филеров.

— Сейчас погляжу...

Прапорщик рванул с лица Палача маску. Затрещала ткань.

— Вы?! — пролепетал Алексей.

Лицо убийцы было искажено гримасой боли, глаза закатились, так что виднелись одни белки, но остроконечная седоватая бородка, высокий лоб, нос с породистой горбинкой!

Под Романовым, прижатый к полу и оглушенный, лежал благородный отец, несчастный король Лир, жертва родительской любви — подполковник Шахов.

Сон. Кошмарный сон...

Увы, то был не сон

Допросная в здании Жандармского корпуса. Совершенно безжизненная комната с зарешеченным окном. Большой стол для следователя, маленький стол для секретаря, посередине одинокий стул для допрашиваемого, еще ряд стульев у стены. С потолка свисает мощная лампа без абажура.

Всё время, пока шла формальная часть допроса (имя, звание, вероисповедание и прочее), Романов не отрываясь смотрел на арестованного.

Значит, и такие существа водятся на свете?

Подполковник сидел вольно, дымил папиросой. На спокойном лице ни страха, ни раскаяния. Лишь иногда вдруг дернется голова, словно от нервного тика, глаза быстро обшарят помещение — и снова нарочитая невозмутимость.

Шахов мучительно напоминал Алексею кого-то из далекого прошлого.

Вспомнил!

Однажды, еще в детстве, он видел, как стая собак загнала в угол двора бродячую огненно-рыжую кошку. Бежать ей было некуда, псы распаляли себя лаем, готовясь наброситься на жертву и разорвать ее в клочки. Но кошка не пищала, не металась. Вздыбив шерсть, она внимательно наблюдала за врагами и как будто чего-то ждала. Алеша решил выручить обреченную тварь — хоть и побаивался, но всё же шагнул вперед и закричал: «Брысь! Брысь!» Псы, конечно, и не подумали разбегаться, а лишь оглянулись на мальчишку. Но рыжей хватило и этого. Воспользовавшись тем, что стая на секунду отвлеклась, кошка порскнула вбок, молнией взлетела на мусорный бак, оттуда, уже спокойнее, перепрыгнула на верх кирпичной стенки, шикнула сверху на собак и была такова.

Вот и Шахов смотрел на ведущего допрос Козловского, на сидящего у стены Жуковского, на прапорщика Романова взглядом загнанной дворовой кошки, которая выискивает лазейку, чтобы стрекануть от верной гибели. Сходство с рыжей ловкачкой из Алешиного детства усугублялось запыленным красным костюмом Палача.

По правде говоря, все, кто находился в допросной, выглядели чудновато, будто в Жандармском корпусе открылся филиал декадентского кабаре, где каждый изображает из себя то, чем не является.

Начать хотя бы со стенографической записи. Вместо положенного по штатному расписанию жандармского вахмистра за столиком, старательно скрипя пером, сидела барышня в блузочке и очочках, вчерашняя гимназистка. Еще недавно это было бы немыслимо: допускать к наисекретнейшей работе женщину, но ничего не поделаешь — война.

Ротмистр Козловский, восседавший на следовательском месте, остался в форме городового. Породистая, несколько лошадиная физиономия князя и вся его гвардейская манера держаться плохо сочетались с болтающимся на шнуре свистком и медной бляхой на груди.

Про Романова и говорить нечего. Единственное, что он успел, — побывать в медицинском пункте. Переодеться времени не было, так и сидел трехглазым эпатистским чучелом. Даже хуже: шея обмотана бинтом, рукав задран до локтя — видно предплечье, залепленное бурым от йода пластырем.

Даже его превосходительство, скромно расположившийся на стуле рядом с прапорщиком, сегодня смотрелся не совсем обычно, невзирая на мундир и аксельбанты. Жуковский, подобно Романову, сверлил взглядом поразительного подполковника и, дабы лучше видеть, нацепил пенсне, что делал крайне редко, ибо стеснялся своей близорукости. Профессорские стеклышки на его лобастом боксерском лице гляделись совершенно инородным предметом, будто генерал надел их ради шутки.

Вводная часть допроса закончилась. Ротмистр задал положенные вопросы, Шахов неторопливо, даже с ленцой, на них ответил. Поведение этого... индивида (даже мысленно называть его «человеком» не хотелось) Алексею казалось непостижимым. Вообразить, что творится в душе... ну, пускай *в голове* у подполковника, молодой человек был не в состоянии.

Козловский искоса посмотрел на генерала, тот кивнул. Очевидно, между ними существовала договоренность, что князь начнет разговор с нейтральных вопросов, а Жуковский пока приглядится к арестованному и выработает стратегию.

Начальник сдернул с носа пенсне и поднялся. Все сразу же обернулись к нему.

Ротмистр и прапорщик тоже вскочили. Барышне вставать не полагалось, но она быстро положила под руку еще несколько заточенных карандашей. Понимала: сейчас начнется *настоящий* допрос.

А Шахов остался сидеть как ни в чем не бывало. Еще и позволил себе сдерзить.

— Посижу, — обронил он да закинул ногу на ногу. — Я теперь не офицер, не слуга отечества. Тянуться перед генералом не обязан.

Предателю Жуковский ничего не ответил. Своим показал жестом, чтоб садились. Поскрипывая сапогами, прошелся по кабинету и заговорил размеренным, задумчивым голосом.

Генерал стал восстанавливать хронологию событий — и для самого себя, и для протокола. Это называлось у него «реконструкцией»: когда все прежние загадки раскрываются, несостыковки сходятся, белые пятна закрашиваются и всё дело складывается в стройную логичную картину. Любил его превосходительство порисоваться своими дедуктивными талантами (действительно, незаурядными) — имел такую извинительную слабость.

Жуковский говорил с четверть часа, делая маленькие паузы, чтобы неопытная стенографистка не отставала. А закончил свою речь вот чем:

— ...Когда же эксперты обнаружили, что находившийся у вас чертеж 76-миллиметрового орудия был переснят, вы поняли: это конец. Ваша работа на немцев раскрыта, ареста не избежать. И тут вы, Шахов, проявили себя мастером изобретательности, хоть и самого циничного свойства: моментально соорудили правдоподобную версию о том, что документы фотографирует ваша дочь. В моей практике не бывало случая, чтобы отец подводил под виселицу родную дочь.

Неудивительно, что мы все вам поверили... Не буду кривить душой, поверили с большой охотой. — Генерал покосился на протоколистку, но все-таки договорил: — Предательство старшего офицера генерального штаба — чудовищный скандал, который никому не нужен. Другое дело — член семьи. Преступная халатность, не более того... На этих сантиментах вы безошибочно и сыграли. Это вы подсовывали фотопластины за подкладку ридикюля. Мадемуазель Шахова о них и не подозревала. Вечером, переодевшись, вы отправлялись в кабаре и вели наблюдение за прапорщиком Романовым, благо наш агент был вам известен. Первую пластину вам удалось изъять незаметно. Не знаю, на что вы рассчитывали. Может быть, тянули время. Или же хотели навести нас на ложный след — владелец кабаре отлично подходил на роль вражеского агента. Однако во второй вечер вы поняли, что существует только один надежный выход: убить дочь, свалив преступление на неведомых германских шпионов. Тогда Алина останется навсегда виновной, а концы уйдут в воду. Истинный триумф логики. — Генерал остановился над Шаховым, сжав кулаки. — Знаете, на этой службе я всяких мерзавцев повидал. Но такого беспросветного выродка встречаю впервые!

Не сдержавшись, пересевший к Алексею князь Козловский крякнул — выразил полное согласие. А Романов всё не мог оторвать взгляд от лица детоубийцы.

Оно нисколько не переменилось и после эмоционального взрыва его превосходительства. Предатель вроде бы слушал, и внимательно, но слышал ли и улавливал ли смысл слов — бог весть.

Алексею подумалось: может быть, у выродков все устроено иначе, чем у нормальных людей, — и слух, и зрение, и остальные органы чувств? Выродки видят и слышат не то, что все мы, а нечто свое. Как та же кошка, различающая много оттенков серого, но неспособная воспринимать яркие цвета. Или летучая мышь, для которой важнее всего не звуки и образы, а эхолокация.

— Имеете что-нибудь сказать? — спросил Жуковский, не дождавшись ответа.

Оказалось, что Шахов всё отлично услышал и понял.

— Имею. Во-первых, катитесь вы с вашими моральными сентенциями. — У ротмистра встопорщились усы, генерал побагровел. — Классик сказал: раз Бога нет, всё дозволено. А Бога именно что нет. Вы это отлично знаете, иначе не служили бы жандармом. Господин Достоевский тысячу раз прав. Я когда это понял, еще юнкером, так легко стало на свете жить, вы не представляете!

По тону и ухмылке Шахова было ясно, что он нарочно выводит генерала из себя. Понимает — терять нечего.

— А во-вторых, — продолжил подполковник, — рассудите сами. Вы же умный человек. Я привык жить на определенном уровне. А когда лопнул банк и сгорели все деньги, пришлось перебиваться на одно жалованье, на жалкие шесть тысяч со всеми обмундировочными-командировочными. При этом под рукой имелся товар, за который кое-кто был готов платить очень хорошие деньги. Ну и в-третьих. — Лицо Шахова перекосилось, из чего следовало, что он все же задет «выродком» за живое. — Про отцов и детей мне проповедовать не нужно! Лучше никакой дочери, чем законченная морфинистка. А так — мне спасение, ей избавление. Dixi*.

Он зажег новую папиросу и с наслаждением затянулся.

— У, скотина... — жарко прошептал Алексею на ухо князь. И мечтательно прибавил: — Чем хамить, лучше бы кинулся он на генерала... Ух я б тогда! Тебе-то хорошо, ты хоть немножко душу отвел, когда его брал.

— Мало, — так же тихо, но с большим чувством ответил Романов, думая: вот есть гуманные люди, противники смертной казни, те же Достоевский с Толстым. Теоретически и нравственно они, наверное, правы. Но предъявить бы Федору Михайловичу со Львом Николаевичем господина подполковника да посмот-

---

* Всё сказал (*лат.*).

реть, не сделают ли для него великие гуманисты исключение.

Его превосходительство метнул на шепчущихся взгляд, двинул бровями. Офицеры сделали одинаковые каменные лица.

— Ладно, про отцовские чувства не буду. — Жуковский расстегнул крючок на воротнике кителя, словно ему стало трудно дышать. — Давайте поговорим про виселицу, которая вас ждет не дождется.

Рука Шахова тоже схватилась за горло. Выходит, не такие уж стальные были нервы у изменника.

— Вы как, не поможете нам выйти на германского резидента? — небрежно, словно о каком-нибудь пустяке, спросил Жуковский.

Князь толкнул Романова коленкой: слушай, учись — начинается.

Тем же светским тоном арестованный осведомился:

— А что? Это избавило бы меня от виселицы?

— Безусловно. В обмен на резидента вы получите пистолет с одним патроном. Даю слово офицера.

Шахов разочарованно наморщил нос.

— Хоть бы что-нибудь новое придумали! На черта мне такие одолжения. Тем более что в этом случае одолжение вам сделаю я. Избавлю от неприятного судебного процесса. Скандал в прессе, нагоняи от начальства. А так застрелился раб Божий, и всё шито-крыто. Нет уж, батенька, мне пожалуйте суд, да по всей форме: с прокурором, с адвокатом. Немцы вон как наступают, уже Варшаву цапнули. Пока суд да дело, апелляция-конфирмация, они, глядишь, и Москву с Петроградом возьмут.

— Ну, повесить-то мы вас в любом случае успеем. Это я вам гарантирую. — Поразительно то, что Жуковский на негодяя вроде бы уже и не гневался, а разговаривал с ним спокойно, чуть ли не с удовольствием. — Но раз вы такой... практичный господин, у меня будет к вам другое предложение. Оно вам понравится. Только сначала вопрос, из чистого любопытства. Что ж вы дочку сами-то, собственными руками? Ведь неприятно, наверное. Даже вам. Попросили бы своих немецких друзей, они бы не отказали.

Глаза подполковника вспыхнули желтыми огоньками — кошка почуяла шанс. Сконфуженно разведя руками, Шахов признался:

— Совестно было просить. Дело-то семейное.

— Ну да, — понимающе кивнул генерал. — Вам ведь с немцами потом жить. Когда они Москву с Питером возьмут. Будут вами брезговать, руки не подадут... Вы от них эту историю вообще утаили бы, правда? Понимаю.

Он надел пенсне и наклонился к изменнику, смотря ему в глаза.

— Ну а теперь мое предложение. Вы выдаете нам резидента. Мы его не трогаем. Вас тоже не трогаем. Служите себе и дальше.

ПОГЛЯДИ МНѢ ВЪ ГЛАЗА ХОТЬ НА МИГЪ,
НЕ ТАИСЬ, БУДЬ ДУШОЙ ОТКРОВЕННѢЙ.
МУЗ. П. ВІАРДО, СЛ. А. ФЕТА

— Хотите, чтобы я сплавлял немцам чепуху, которой вы меня будете снабжать?

— Почему же чепуху? Это будут в высшей степени солидные, абсолютно достоверные сведения. Знаете, что мы еще сделаем? Мы переведем вас на другую должность, более интересную для немцев. Например, офицером особых поручений к генерал-квартирмейстеру. А то и в Ставку. Подумаем.

Прапорщик в панике оглянулся на Козловского. Неужели такое возможно?! Князь восторженно подмигнул: ай да Владимир Федорович, ай да голова!

— Хм, предложение заманчивое, — протянул Шахов. — Может быть, немцы и не возьмут Москву... Что-то наступление у них замедляется... Скажите, генерал, а буду ли я плюс к своему жалованью получать доплату от вашего ведомства?

Челюсть Жуковского брезгливо дрогнула.

— Будете. Сдельно.

Тогда Шахов погасил папиросу, вскочил со стула и вытянулся по стойке «смирно».

— Ну, раз я снова подполковник... Осмелюсь доложить, ваше превосходительство, немцы платят мне помесячно плюс премиальные за каждый документ. Иногда выходит до восьми тысяч в месяц. Довольно странно, что вы предлагаете мне сдельную оплату.

— Так немцы будут и дальше вам платить, еще больше прежнего. Для вас двойная выгода. А мы с вами станем рассчитываться в зависимости от конкретного результата. Про виселицу опять же не забывайте, она тоже чего-то стоит, — сварливо ответил генерал.

— Ваше превосходительство, — громко сказал Романов, поднимаясь. — Позвольте выйти.

Жуковский рассеянно махнул: идите куда хотите, только не мешайте.

Быстрым шагом, чуть ли не бегом, прапорщик вышел за дверь.

Тошно!

Пустой коридор. Горит электричество. Стены отливают казенной маслянистой охрой. Глубокая ночь. За окнами черное небо с серой полосой на востоке — скоро рассвет, но день опять будет пасмурным.

Алексею было скверно. Во всех смыслах — и физически, и нравственно. Раскалывалась голова, ныло израненное тело, изнутри накатывала тошнота. Он отодрал оконную раму, которую, вероятно, не открывали с прошлого столетия. Вдохнул сырой воздух, но легче не стало. Прапорщика трясло. От усталости, от ярости, от гадливости.

Перестань, приказал он себе. Не бабься. Владимир Федорович только что блестяще провел классическую операцию по перевербовке вражеского шпиона. Теперь это двойной агент, причем за все ниточки его держим мы. Это большая удача, которая стоит выигранного сражения. Дальше события будут происходить так: немецкий Генштаб через Шахова станет получать очень ценные, абсолютно правдивые сведения, которые повысят котировку источника до наивысшей степени. А потом, в стратегически важный момент — скажем, накануне крупной фронтовой операции — по этому каналу вбросят дезинформацию. Немцы ее заглотят, и это может решить судьбу целой кампании или даже, чем черт не шутит, всей войны. Что́ по сравнению с такой грандиозной целью жизнь, подаренная мерзавцу, или жизнь, отнятая у больной обреченной девочки? Ерунда, мелочь.

И это действительно так.

Но отчего же на душе тошно? Просто невыносимо!

Рыжая кошка нашла-таки мусорный бак, на который запрыгнула и спаслась от верной гибели. Этот «мусорный бак» — контрразведывательная служба Российского государства. Организация, к которой имеет честь принадлежать и он, Алексей Романов.

Ничего отвратительного в профессии мусорщика нет, сказал прапорщик своему отражению в темном стекле. Без мусорщиков всё вокруг утонуло бы в грязи. А без разведки и контрразведки победить в современной войне нельзя. Кто-то должен этим заниматься. И чистюля, боящийся запачкаться, всегда проиграет противнику, который не останавливается ни перед чем.

— И всё же. Неужто нельзя как-нибудь по-другому? — спросил прапорщик Романов у своего призрачного двойника, сквозь которого просвечивал ночной город.

Отражение молчало, потерянно мигая двумя глазами. Третье око, нарисованное, таращилось бестрепетно. Сомнения ему были неведомы.

ПРОДОЛЖЕНІЕ БУДЕТЪ

ХРОНИКА

Здание Жандармского корпуса на Фурштатской

Главное артиллерийское управление на Литейном

Жизнь тылового Петрограда

Падение Перемышля и Варшавы

Два миллиона убитых, раненых
и пленных...

Портативные аппараты «Кодак»

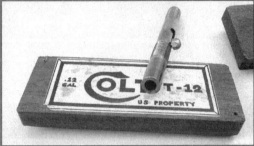

Шпионская техника
времен Первой
мировой

Мода на инфернальность

Пьеро,
Коломбины
и Арлекины

Роковые поэты и роковые женщины

Ст. Петербургъ. Васильевскій островъ. Андреевскій рынокъ.
St. Petersbourg. Ile de Brasile. Le bazar d'Andrée.

Большой проспект

Ст. Петербургъ. В. О., 6 и 7 линіи.
ST. PÉTERSBOURG. W. O. 6 et 7 lignes.

Василеостровские линии

Тучкова набережная

Глухой район

Конец немецкого шпиона

СОДЕРЖАНИЕ

Литературно-художественное издание

Акунин Борис
Смерть на брудершафт
роман-кино

Летающий слон
Фильма третья
Дети Луны
Фильма четвертая

Художественный редактор О.Н. Адаскина
Дизайн макета: Е.Д. Селиванова
Компьютерная верстка: В.Е. Кудымов
Технический редактор О.В. Панкрашина

Подписано в печать 21.04.08. Формат 76x108 $^1/_{32}$.
Усл. печ. л. 16,8. Тираж   экз. Заказ №   .

Общероссийский классификатор продукции
ОК-005-93, том 2; 953000 — книги, брошюры

Санитарно-эпидемиологическое заключение
№ 77.99.60.953.Д.007027.06.07 от 20.06.07 г.

ООО «Издательство АСТ»
141100, Россия, Московская область, г. Щелково, ул. Заречная, д. 96
Наши электронные адреса: WWW.AST.RU E-mail: astpub@aha.ru

ООО Издательство «АСТ МОСКВА»
129085, г. Москва, Звездный б-р, д. 21, стр. 1

Printed and bound in Italy by 🦁 GRAFICA VENETA SpA

Tel: +39 0499319902 - e-mail: export@graficaveneta.com

РЕГИОНЫ:

- Архангельск, 103-й квартал, ул. Садовая, 18, т. (8182) 65-44-26
- Белгород, пр. Хмельницкого, 132а, т. (0722) 31-48-39
- Волгоград, ул. Мира, 11, т. (8442) 33-13-19
- Екатеринбург, ул. Малышева, 42, т. (3433) 76-68-39
- Калининград, пл. Калинина, 17/21, т. (0112) 65-60-95
- Киев, ул. Льва Толстого, 11/61, т. (8-10-38-044) 230-25-74
- Красноярск, «ТК», ул. Телевизорная, 1, стр. 4, т. (3912) 45-87-22
- Курган, ул. Гоголя, 55, т. (3522) 43-39-29
- Курск, ул. Ленина, 11, т. (07122) 2-42-34
- Курск, ул. Радищева, 86, т. (07122) 56-70-74
- Липецк, ул. Первомайская, 57, т. (0742) 22-27-16
- Н. Новгород, ТЦ «Шоколад», ул. Белинского, 124, т. (8312) 78-77-93
- Ростов-на-Дону, пр. Космонавтов, 15, т. (8632) 35-95-99
- Рязань, ул. Почтовая, 62, т. (0912) 20-55-81
- Самара, пр. Ленина, 2, т. (8462) 37-06-79
- Санкт-Петербург, Невский пр., 140
- Санкт-Петербург, ул. Савушкина, 141, ТЦ «Меркурий»,
  т. (812) 333-32-64
- Тверь, ул. Советская, 7, т. (0822) 34-53-11
- Тула, пр. Ленина, 18, т. (0872) 36-29-22
- Тула, ул. Первомайская, 12, т. (0872) 31-09-55
- Челябинск, пр. Ленина, 52, т. (3512) 63-46-43, 63-00-82
- Челябинск, ул. Кирова, 7, т. (3512) 91-84-86
- Череповец, Советский пр., 88а, т. (8202) 53-61-22
- Новороссийск, сквер им. Чайковского, т. (8617) 67-61-52
- Краснодар, ул. Красная, 29, т. (8612) 62-75-38
- Пенза, ул. Б. Московская, 64
- Ярославль, ул. Свободы, 12, т. (0862) 72-86-61

Заказывайте книги почтой в любом уголке России
107140, Москва, а/я 140, тел. (495) 744-29-17

Приобретайте в Интернете на сайте www.ozon.ru
Издательская группа АСТ
129085, Москва, Звездный бульвар, д. 21, 7-й этаж

Справки по телефону:
(495) 615-01-01, факс 615-51-10
E-mail: astpub@aha.ru http://www.ast.ru